クリスティー文庫
66

ねずみとり

アガサ・クリスティー

鳴海四郎訳

Agatha Christie

THE MOUSETRAP

by

Agatha Christie

目次

ねずみとり

登場人物

モリー・ロールストン
ジャイルズ・ロールストン
クリストファ・レン
ボイル夫人
メトカーフ少佐
ミス・ケースウェル
パラビチーニ氏
トロッター刑事

場　面

第一幕
第一場　マンクスウェル山荘の広間。午後おそく。
第二場　同じ場面。翌日の昼食すぎ。
第二幕　同じ場面。十分後。

時　現代

舞台写真（11ページ参照）

第一幕

舞台配置図

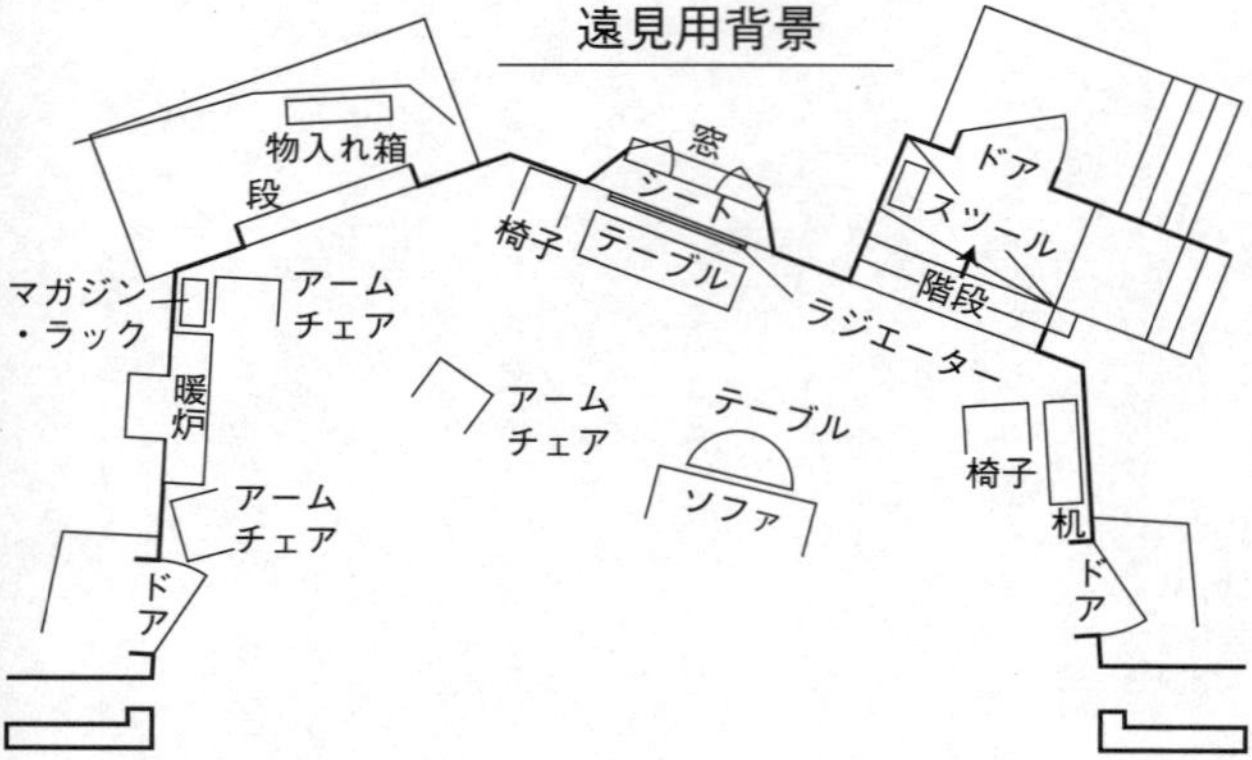
遠見用背景
物入れ箱
段
窓
シート
椅子
テーブル
ドア
スツール
階段
ラジエーター
マガジン
・ラック
アーム
チェア
暖炉
アーム
チェア
テーブル
ソファ
椅子
机
アーム
チェア
ドア
ドア

第一場

場面　マンクスウェル山荘の広間。午後おそく。

この建物には時代がかった古屋敷という趣きはなく、多年にわたって同じ一族が細々とながら代々住みついてきた家屋といった様子が見える。舞台中央奥に高い窓。下手《しもて》奥に、玄関ホールを経て玄関と台所に通じる大きなアーチ。上手《かみて》には階段をのぼって二階の寝室に通じるアーチ。上手奥の階段から横にそれて図書室のドア。上手手前には、応接間へのドア。下手手前には（舞台側に開いて）、食堂へのドア。下手に暖炉。中央奥の窓の下に、ウィンドー・シートとラジエーター。

この広間はロビーとしてしつらえられてある。良質のオーク材の家具がおかれ、その中には、中央奥の窓の近くに長方形の大テーブルや下手奥の玄関ホールにオーク材の物入れ箱、上手の階段口に低い腰掛台《スツール》などがある。カーテンや布張りの家具――中央上手のソファ、中央のアームチェア、下手の大型アームチェア（これは革張り）、下手手前のヴィクトリア朝ふう小型アームチェア――は使い古した旧式のもの。上手に書棚つきの机があり、その上にラジオと電話がおかれ、その横に椅子が一脚。窓の横、下手奥にも椅子が一脚。暖炉の奥に、新聞や雑誌を入れたマガジン・ラック。ソファの後ろに小さな半円形のカード・テーブル。

炉棚の上方に、電灯の壁つきブラケット二個（同時に点滅）。ほかにもブラケットが、上手の壁、図書室のドアの右、玄関ホールに一個ずつあって、これらの点滅も同時操作。下手奥のアーチの右と上手手前のドアの手前寄りとにそれぞれダブル・スイッチ、それから下手手前のドアの奥寄りにシングル・スイッチ。ソファのテーブルには電気スタンド。

（以上は舞台写真と舞台配置図を参照のこと――なお左右の指示はすべて観客席の側からである）


幕のあくまえ、客席の明かりが完全に溶暗すると、童謡〈三匹のめくらのネズミ〉[*1]の曲が聞こえてくる。

幕が上がると、舞台は暗黒。音楽がしだいに消えていき、入れ代わりにかんだかい口笛で同じ曲〈三匹のめくらのネズミ〉が鳴りひびく。突然に女性の悲鳴が耳をつんざき、それから男女の、「なんだ、なんだ?」「あっちへ行ったぞ!」「まあ大変!」などの叫び声。やがて警官の呼び子の笛、それから別の呼び子の笛が何回か繰り返されて、すべてが静寂に返る。

ラジオの声　……ロンドン警視庁の発表によれば、事件の起きたのはパディントンのカルヴァー通り二十四番地のアパートで……

照明が溶明すると、マンクスウェル山荘の広間が目に入る。午後もおそく、たそがれどき。舞台中央奥の窓越しに、雪のはげしく降りしきるさまがうかがわれる。暖炉には火が燃えている。舞台上手のアーチ近く、階段上に書きたての看板が横に立てかけてある。大きな文字で〈民宿マンクウェル山荘〉(MONKWELL MANOR GUEST HOUSE) と書かれてある。

殺されたのはミセス・モーリーン・ライアンという女性でした。この殺人事件に関連して、警察は、現場付近で目撃された、黒っぽいオーバーに明るい色のマフラーを身につけ、ソフト帽をかぶった男を重要参考人とみて行方を追っています。

モリー・ロールストンが下手奥のアーチから登場する。長身で美貌の若々しい女性、気どらない態度、二十代。ハンドバッグと手袋を中央のアームチェアにおくと、ラジオのところに行き、次のことばの間にスイッチを切る。机の戸棚の中に小さな紙包みをしまう。

道路が凍りついていますから、車の運転にはじゅうぶんな注意が必要です。この大雪は明日も降り続く見込みで、全国的に気温が氷点下に下がりますが、とくにスコットランドの北部と北東部の海沿い一帯ではきびしい冷え込みが予想されます。

モリー　(大声で) バーロウさん！　バーロウさん！　(返事がないので、中央のアームチェアにいき、ハンドバッグと手袋の片方を取り上げて、下手アーチからいったん出て行く。オーバーをぬいで戻ってくる) ブルルル！　おお寒む。(下手手前のドアの奥のスイッチで、暖炉の上方のブラケットを点灯。奥の窓のところに行き、ラジエーターにさわってみて、カーテンをしめる。それからソファのテーブルに歩み寄って、電気スタンドを点灯する。あたりを見回し、階段上に横に立てかけてある看板に気づく。それを手に取って、窓のくぼみの右の壁に立てかける。後ろにさがって、うなずく）なかなかいいわ――あれっ！（看板に〈ス〉――S――の字が落ちているのに気がつく）ばかねえ、ジャイルズったら。〈ス〉を落っことしちゃって。（自分の腕時計を見て、それから置き時計を見る）たいへん！

モリーは急いで上手の階段をのぼって退場。
ジャイルズが下手の玄関から入ってくる。いくぶん尊大だが好感のもてる二十代の青年。足ぶみをして雪を払い落とすと、オーク材の物入れ箱をあけて、手にしていた大きな紙袋をしまいこむ。オーバー、帽子、マフラーをぬぎ、前へ出てきて、それらを中央のアームチェアに投げる。それから暖炉に行って手をあぶる。

ジャイルズ　（声を張って）モリー？　モリー？　おおい、どこだ？

モリーが上手のアーチから現われる。

モリー　（快活に）働いてたんじゃない、いじわる。（そばに寄る）
ジャイルズ　ああ、きたきた――あとは全部おれがやるよ。カマドに石炭入れようか？
モリー　すんだわ。
ジャイルズ　（キスをして）ただいま。冷たい鼻だね。
モリー　わたしもいま帰ってきたとこなの。（暖炉に寄る）
ジャイルズ　どうして？　どこへ出かけた、この雪の中を？
モリー　買い忘れたものがあったから村までちょっと。鶏《とり》小屋の金網は買えた？
ジャイルズ　サイズが違うんだ。（中央のアームチェアの右のひじかけに腰をかけて）もう一軒まわってみたけど、いいのがなくてね。まる一日むだ骨さ。もうしんから冷え切っちゃったよ。車はすべる、雪はつもる。このぶんじゃあすは閉じ込められて身動きできなくなるんじゃないかな？
モリー　いやぁね、おどかさないでよ。（ラジエーターのところに行き、さわってみる）パイプさえ凍らなけりゃいいんだけど。
ジャイルズ　（立ってモリーのそばへ行き）暖房だけはぜったい確保しなくちゃな。（ラジエーターにさわり）ふん、心細いな――コークス届けてくれるといいんだけどね、だいぶ残り少ないんだ。
モリー　（ソファへ行って腰をおろす）ああ！　順調にすべりだしてほしいわ。第一印象が肝心だもの。
ジャイルズ　（ソファの左手に進み）準備オーケーだね？　まだ客は来てないだろ？
モリー　ええ、さいわいにしてまだ。万事ぬかりはないと思うわ。バーロウさんたら、早く引き上げちゃったのよ。お天気が心配だったんでしょ、きっと。
ジャイルズ　しょうがないな、通いのお手伝いさんってやつは。けっきょく何から何まできみが引き受けるわけだ。
モリー　あなたとわたしとよ！　共同事業なのよ。
ジャイルズ　（暖炉に寄り）だけど、まさかおれに料理をしろって言うんじゃあるまい？
モリー　（立って）ううん、それはわたしの領分。ともかく、雪に閉じ込められたにしても缶詰だけはたくさんあるし。（ジャイルズに近づき）ねえジャイルズ、ほんとにうまくいくかしら？
ジャイルズ　こわくなってきた？　おばさんの遺産がころがりこんだとき、民宿なんてこと考えないで、売りとばしちゃえばよかったって後悔してるんじゃないか？

モリー　とんでもない。わたし、大張り切りよ。そうそう、民宿といえば、ちょっとあれ見て！（とがめるようにして看板を指さす）

ジャイルズ　（得々として）上出来だろ？　（看板の右手に行く）

モリー　めちゃくちゃだわ！　気がつかないの？　〈ス〉の字を落っことしちゃって、マンクスウェルがマンクウェルじゃない！

ジャイルズ　うへぇ、そうか！　どうしちゃったんだろう？　いいよ、かまやしないよ。マンクウェルだってりっぱな名前だ。

モリー　大しくじりだわ。（机に歩く）暖房のボイラー、たきつけてきてちょうだい。

ジャイルズ　あの冷蔵庫みたいな裏庭を通ってか！　いまからもう夜のぶんまで囲っておけってのかい？

モリー　いいえ、それは十時か十一時になってから。

ジャイルズ　ぞっとするなあ！

モリー　急いでね。モタモタしてるとお客さまが着いちゃうわよ。

ジャイルズ　部屋のほうは全部片づいた？

モリー　うん。（机に向かってすわり、紙を手に取る）ミセス・ボイル、表の大型寝台の部屋。メトカーフ少佐、ブルーの間《ま》。ミス・ケースウェル、東の間。ミスター・

レン、ベージュの間。
ジャイルズ　（ソファのテーブルの左手に進み）　いったいどんな連中かな。宿賃を前払いで取りたてるべきじゃないかね。
モリー　そんな必要ないわよ。
ジャイルズ　いいカモにされるんじゃないか、われわれは。
モリー　だって、みんな荷物持ってくるでしょ。払わなかったら荷物を押さえちゃうもの。簡単よ。
ジャイルズ　通信教育でホテル経営の講座を受けとくべきだったよ。いつかどこかでだまされそうだ。その荷物といったって、中身は新聞紙にくるんだレンガかもしれない、そうなったらお手上げだぜ。
モリー　全部、住所はしっかりしてます。
ジャイルズ　女中がインチキ紹介状持参で雇われるようなもんだ。客の中には警察のお尋ねものがまじってるかもね。（看板のところに行って、手に取り上げる）
モリー　毎週七ギニー払ってくれるかぎり、相手がだれだってかまやしないわ。
ジャイルズ　モリー、きみはすばらしい実業家になれるよ。

看板を手にして下手奥のアーチから出ていく。モリーはラジオのスイッチを入れる。

ラジオの声　ロンドン警視庁の発表によれば、事件の起きたのはパディントンのカルヴァー通り二十四番地のアパートで、殺されたのはミセス・モーリーン・ライアンという女性でした。この殺人事件に関連して、警察は――

モリーは立ち上がって中央のアームチェアに行く。

――現場付近で目撃された、黒っぽいオーバーに――

モリーはジャイルズのオーバーを取り上げる。

――明るい色のマフラーを身につけ――

モリーは夫のマフラーを取り上げる。

――ソフト帽をかぶった男を――

モリーは夫の帽子を手に取って、下手奥のアーチから出て行く。

――重要参考人とみて行方を追っています。道路が凍りついていますから、車の運転にはじゅうぶんな注意が必要です。

玄関のベルが鳴る。

この大雪は明日も降り続く見込みで、全国的に気温が……

モリーが戻ってくる。机に行き、ラジオを消し、下手奥のアーチから急ぎ足で出て行く。

モリー　（舞台外で）いらっしゃいませ。

クリストファ　（舞台外で）やあ、どうもどうも。

　クリストファ・レンが下手奥のアーチから登場し、手にしたスーツケースを大テーブルの左手におく。興奮した感じの落ちつきのない青年。長髪の乱れ髪、派手な柄の毛織りのネクタイ。調子に乗りやすい、子どもっぽい態度。

　モリーが入ってきて中央奥に立つ。

　いやぁすげえ雪だ。タクシーが門の中まで入ってくれないんですよ。（ソファ・テーブルの上に帽子をおく）私道はごめんだって。冒険心がないんだな。（モリーのそばに寄り）あんた、ここの奥さんね？　どうぞよろしく。ぼく、レンです。

モリー　レンさんですか、ようこそ。

クリストファ　しかし、あんたみたいな人とは全然予想外だな。ぼくはまた、もとインド駐留軍の師団長閣下未亡人あたりかと思ってた。すごく謹厳な令夫人、この屋敷もインドみやげのガラクタだらけかと思ったら、どうしてどうして、こりゃ豪勢だ（ソファの前を通りソファ・テーブルの右手に回って）——豪勢そのもの。みごとですねえ。（机を指さし）あれはまがいもんだな。（ソファ・テーブルを指さし）

だがこのテーブルは本物。ぼくはこの屋敷にすっかりほれこんじゃったよ。（中央アームチェアの前に行く）蠟《ろう》細工の造花とか極楽鳥とかはおいてない？
モリー　いいえ。
クリストファ　そりゃ残念！　じゃ食器棚はどうなの？　紫がかったマホガニー製食器棚、表にどっしりと果物の図柄を彫り込んだやつ。
モリー　ありますわ――食堂に。（下手手前のドアに目をやる）
クリストファ　（その視線をたどって）こっち？　（下手手前に歩き、ドアを開く）ちょっと拝見。

クリストファは食堂に消え、モリーがその後を追う。
下手奥のアーチからジャイルズが入ってくる。あたりを見回し、スーツケースに注目する。
食堂からの声を聞いて、下手奥へ退場。

モリー　（舞台外で）あちらで暖まってくださいな。

モリーが食堂から出てくる。その後からクリストファが続く。モリーは舞台中央に進む。

クリストファ　（入ってきながら）申しぶんなし、百点満点。まさに本格的な上流家庭だ。ただね、マホガニーの大きい食卓、どうして片づけちゃったの？　（下手の舞台外を見やって）ちっちゃいテーブルを並べたんじゃ全然味気ないな。

ジャイルズが下手奥から登場し、下手の大きいアームチェアの右に立つ。

モリー　そのほうがお客さまのお気に召すと思ったんですの――うちの主人です。
クリストファ　（ジャイルズのそばへ行き握手をして）こんにちは。すごい降りですね。チャールズ・ディケンズの時代に逆戻りしたみたいだ、まるで『クリスマス・キャロル』そのまま。童話の世界だな。（暖炉に向かい）そりゃね奥さん、おっしゃるとおりテーブルはちっちゃいんでいいんです。ぼくは年代ものの魅力にすっかりとりつかれちゃって、つい。だってね、マホガニーの食卓を使うんだったら、まわりには当然それにふさわしい家族がすわるんでなくちゃあね。（ジャイルズに向かう）あごひげ生やしたいかめしい父親に、子だくさんでやつれはてた母親、いろんな年齢の子どもたちがぞろり十一人、それにこわい顔した家庭教師、まだもう一人いる、「気の毒なおじさん」と呼ばれる遠縁の男、下男がわりに働きながら家族の仲間に入れてもらって、ひたすら感謝感激しているという哀れな老人が！
ジャイルズ　（虫が好かない）お荷物お部屋に運んでおきます。（スーツケースを取り上げて、モリーに）ベージュの間だったね？
モリー　そう。
クリストファ　ベッドは四隅に柱が立っていて、バラの花模様の更紗《さらさ》のカーテンがついてるやつでしょうね？
ジャイルズ　違います。

ジャイルズはスーツケースを手にして上手奥の階段をのぼっていく。

クリストファ　どうやらご主人にきらわれたらしいな。（モリーのほうに二、三歩歩み寄り）結婚してどのくらいですか？　愛してる？
モリー　（冷たく）ちょうど一年です。（上手の階段のほうに進み）お部屋をごらんになりません?
クリストファ　やられた!（ソファ・テーブルの奥を通る）でもね、ぼくは人のことにとっても興味があるんですよ。人間てのはすごくおもしろいでしょう?　そう思わない?
モリー　そりゃおもしろい人もいるけど（クリストファに向き直って）そうじゃない人もいますわ。
クリストファ　いや違うな。人間はみんなおもしろい。だって人のことって、ほんとのところ、わからないんだ。どういう人間なのか、何を考えているのか。たとえばね、ぼくがいま何を考えてるかあなたにわかりますか?（なぞめいた微笑）
モリー　いいえ、全然。（ソファ・テーブルに寄り、ボックスからタバコを一本手に取る）おタバコは?
クリストファ　いりません。（モリーの左手に行き）そうでしょう?　他人のことがほんとうにわかるのは芸術家だけですよ——なぜわかるのかは彼らにもわからない!　ところが、だれかの肖像画を描いているとする。（舞台中央に出る）するとおのずと——（ソファの左のひじかけに腰をかける）キャンバスに表われてくるんだ。
モリー　あなたは絵かきさん?（タバコに火をつける）

クリストファ　いや、ぼくは建築家です。両親がね、将来大建築家になってほしいという念願から、ぼくにクリストファって名前をつけたんだ。ほら、サー・クリストファ・レン、セントポール寺院を建てた有名な人！（笑う）同姓同名ならそれにあやかれるだろうってわけで。ところが、実際は、ぼくはみんなからからかわれるのがおちだ。でもね——ひょっとすると——最後に笑うのはぼくかもしれないよ。

ジャイルズが上手奥のアーチから戻ってきて、下手奥のアーチに向かう。

そのうちクリス・レン設計にかかるプレハブ住宅が歴史に不滅の名を残すかもしれない！（ジャイルズに）ぼくはここが気に入ったな。奥さんもすごく話のわかる人だし。

ジャイルズ　（冷ややかに）ほう。

クリストファ　（モリーの顔に目をやって）それにすごい美人だし。

モリー　よしてくださいな。

ジャイルズは大型アームチェアの背にもたれる。

クリストファ　ほらね、イギリス女性の典型だ。人からほめられるとドギマギする。そこへいくと、ヨーロッパの女はほめられても平然としてますよ。イギリスの女がその女性らしさをなくしたのは亭主が悪いからだ。（振り向いてジャイルズの顔を見る）イギリス人の亭主族ってのはどこかしらヤボでね。

モリー　（急いで）さあ、二階のお部屋へご案内しましょう。（上手奥のアーチへ行く）

クリストファ　いま？

モリー　（ジャイルズに）ボイラー、たきつけてきてくださらない？

モリーとクリストファは上手の階段をのぼっていく。ジャイルズはむっとした顔で中央へ進む。玄関のベルが鳴る。ちょっと間があってから、待ちきれないようにいく度も鳴りだす。ジャイルズは急いで下手奥から玄関へ向かう。ひとしきり吹雪の音が聞こえてくる。

ボイル夫人　(舞台外で) ここが、マンクスウェル山荘でしょうね？
ジャイルズ　(舞台外で) そうです……

ボイル夫人が下手奥のアーチから登場する。スーツケースと雑誌数冊と手袋を手にしている。大柄で堂々たる体軀の女、はなはだ不機嫌。

ボイル夫人　わたくし、ミセス・ボイルです。(スーツケースを下におく)
ジャイルズ　ジャイルズ・ロールストンです。さあどうぞ火のそばへいらして暖まってください。

ボイル夫人は暖炉のそばに寄る。

ボイル夫人　ひどい雪になりましたね。お荷物はこれだけですか？
ボイル夫人　あの軍人さん——メトカーフ少佐っていったかしら——いま持ってきてくれます。
ジャイルズ　じゃ玄関あけときましょう。(ジャイルズは玄関に行く)

ボイル夫人　タクシーが門の中へはいるのを尻込みしてね。

ジャイルズが戻ってきて、ボイル夫人の右手に進む。

門のところでおろされたんです。わたくしたち、駅から一台に相乗りさせられてきたのよ——しかもその車だってやっと拾えたって始末。（とがめるように）ここでは迎えを出してくれなかったようですね。

ジャイルズ　すみません、何時の汽車でお着きになるかがわからなかったもんですから。わかってれば、当然——ええ——だれかしらが。

ボイル夫人　汽車が着くたびに迎えを出すものです。

ジャイルズ　コート、お持ちしましょう。

ボイル夫人は彼に手袋と雑誌を渡し、暖炉に手をかざして暖める。

家内がすぐまいります。私、メトカーフ少佐のお荷物、手伝ってきますから。

ジャイルズは下手奥から玄関へ行く。

ボイル夫人　（ジャイルズの後を追ってアーチまで行きながら）せめて門から車寄せまで雪かきぐらいしておくもんですよ。（彼が出て行ってから）いいかげんなもんだ、まったく。（炉端に戻って、不満そうにあたりを見まわす）

モリーが多少息をはずませて、上手の階段から急ぎ足で入ってくる。

モリー　たいへん失礼いたしました……
ボイル夫人　ここの奥さん？
モリー　はい、モリー・ロールストンです……（ボイル夫人のそばに寄り、握手の手をさしのばしかけてから、民宿の女主人としてはどうしたらよいのかに自信がなく、手をひっこめる）

ボイル夫人は不愉快そうにしてモリーをじろじろと観察する。

ボイル夫人　若いのねえ。
モリー　は？
ボイル夫人　こういう施設を経営するにしてはよ。その年じゃたいした経験はないでしょうね。
モリー（後ろにさがって）なにごとにも始めというものがありますでしょう？
ボイル夫人　なるほど。経験ゼロ。（あたりを見まわし）古い建物ねえ。シロアリに食われてはいない？（疑わしそうににおいをかぐ）
モリー（腹を立てて）とんでもない！
ボイル夫人　シロアリというのは、気がつかないうちに住みついて、気がついたときはもう手遅れというのが普通なんですよ。
モリー　この建物はどこにも欠陥はございません。
ボイル夫人　ふん――ペンキをぬりかえる時期ね。おや、このオーク材には虫がついてますよ。
ジャイルズ（舞台外で）こちらです、少佐。
　ジャイルズとメトカーフ少佐が下手奥に登場。メトカーフ少佐は中年で、肩のいかった男、立ち居振舞いすべてが軍人らしい。ジャイルズは中央奥へ行く。メトカーフ少佐は手にしたスーツケースを下におろして、中央のアームチェアの奥へ行く。モリーは少佐を出迎えに近づく。

家内です。

メトカーフ少佐　（モリーと握手をして）どうぞよろしく。外は猛吹雪ですよ。一時はここまでたどりつけないかと思った。（ボイル夫人を見る）お、これは失礼。（帽子をぬぐ）

ボイル夫人は下手手前に退場。

このぶんじゃ明日の朝にはゆうに二メートルは積もってるな。（暖炉に寄り）いやぁ、こんな大雪は、一九四〇年に休暇で帰国したとき以来初めてだ。

ジャイルズ　お部屋へ運んでおきます。（スーツケース二つを手に持つ。モリーに）部屋はどうだったっけ？　ブルーの間とローズの間だね。

モリー　いえ――レンさんをローズの間に入れたのよ。大型寝台がすごくお気に入りなもんで。ですからミセス・ボイルがベージュの間で、メトカーフ少佐がブルーの間です。

ジャイルズ　（命令口調で）では、少佐！　（上手の階段の方へ行く）

少佐　（つい軍人口調）はいっ！

少佐はジャイルズに従って、上手の階段をのぼって退場する。
ボイル夫人が下手手前から現われ、暖炉のそばに行く。

ボイル夫人　このへんじゃ雇い人を集めるのに苦労はありませんか？

モリー　下の村からとてもいい女の人に通いで来てもらってます。

ボイル夫人　住み込みは？

モリー　住み込みはおりません。わたしたちだけ。（中央アームチェアの右手に歩く）

ボイル夫人　へえ、そう。わたくしました、ここはサービスの行き届いたゲストハウスかと思ったのに。

モリー　今日からオープンなんです。

ボイル夫人　こういった施設はね、しかるべき従業員をじゅうぶんに用意してから初めて開業するものですよ。お宅の広告は、その点、誤解を招きましたね。それで、泊まり客はわたくしだけ——メトカーフ少佐のほかは？

モリー　いえいえ、ほかにもいらっしゃいます。

ボイル夫人　この雪でね。吹雪よ（暖炉に向かい）——しかも。どうしようもないわね。

モリー　でも、お天気のことはわたしたちにも予想が！

クリストファ・レンが上手の階段からもの静かに現われて、モリーの背後に立つ。

クリストファ　（歌う）北風だ[*2]　雪が来る　あわてたコマドリ　ブルブルン——ぼくは昔の童謡が大好きでね。哀れっぽくてどことなく無気味でしょう？　そこが子どもにも受けるんだ。

モリー　ご紹介しますわ。ミスター・レン——ミセス・ボイル。

クリストファは頭をさげる。

ボイル夫人　（冷ややかに）よろしく。
クリストファ　どうです、この家は？　すごく立派でしょう。そう思いません？
ボイル夫人　わたくしの年にもなれば、建物は見かけよりも居心地の方が大切でしてね。

クリストファは下手奥へさがる。
ジャイルズが上手の階段から現われて、アーチの前方に立つ。

ジャイルズ　ご不満ならば、むりにお泊まりいただかなくてもいいんですが。
ボイル夫人　（ソファの左手に歩き）ほんと、わざわざ泊まりたいとは思わないけど。ちゃんとした実績のある宿泊施設だと誤解していました。さもなけりゃ来るんじゃなかったわ。設備万端すべて整ったところだという理解でしたからね。
ジャイルズ　もし誤解がおありでしたのなら、どこかよそへお移りになるほうがいいんじゃないですか。電話でタクシーお呼びしましょう、まだ道路は通れますから。

クリストファは前へ出てきて、中央アームチェアに腰をかける。

お申し込みはいくらでもありますし、あとはすぐふさがります。いずれ来月は料金も値上げする予定でして。

ボイル夫人　来た以上はどんなところか試してみないとね。今すぐ追い出そうなんて考えないでください。

ジャイルズは上手手前へ出る。

モリー　奥さん、部屋を見せていただこうかしら？　（尊大に上手の階段の方へ行く）

はい、それじゃ。（ボイル夫人の後に従う。すれちがいざま、ジャイルズに）上出来よ、上出来……

ボイル夫人とモリーは上手奥の階段から退場。

クリストファ　（立ち上がり、子どもっぽく）ひでえばばあだな。感じが悪いったらありゃしないよ。あんなの、吹雪の中へほうり出しちゃいいんだ。いい気味だ。

ジャイルズ　残念ながら、そこまではね。

玄関のベルが鳴る。

そうら、お次の方だ。

玄関に向かう。

（舞台外で）さあさ、どうぞどうぞ。

クリストファはソファに行ってすわる。

ミス・ケースウェルが下手奥に登場。男っぽい感じの若い女性。手にスーツケース。長い黒っぽいコート、明るい色のスカーフ、無帽。ジャイルズが戻ってくる。

ミス・ケースウェル　（太い、男っぽい声）あと一キロってところで、車が立ち往生しちゃってね——吹きだまりに突っ込んで。

ジャイルズ　お持ちします。（スーツケースを受け取り、大テーブルの左手におく）お車にはほかにお荷物が？
ケースウェル　（暖炉に寄り）いいえ、あたしの旅行は軽装よ、いつも。

ジャイルズは中央のアームチェアの後ろへ行く。

ああ、火が燃えていて助かるな。（男のように脚をひろげて暖炉の前に立つ）
ジャイルズ　あ――ミスター・レン――こちらは――？
ケースウェル　ケースウェル。（クリストファに会釈をする）
ジャイルズ　家内がすぐおりてきますから。
ケースウェル　いいのよ。（オーバーをぬぐ）まず凍ったからだをとかさなくっちゃ。どうやらわたしたち、ここに缶詰になりそうな気配だね。（オーバーのポケットから夕刊を取り出して）大雪警報が出てるし、道路は交通途絶が予想されてるし。食糧はじゅうぶんあるの？
ジャイルズ　ご心配なく、家内は優秀なマネージャーですから。それに、いざとなったらうちのニワトリを殺せばいい。

ケースウェル　人間がとも食いを始めないうちにね？

かんだかい笑い声を立てて、オーバーをジャイルズに投げて渡す。それから中央アームチェアに腰かける。

クリストファ　(立ち上がって炉端に進み) 新聞になんかニュースありますか——天気予報のほかに？

ケースウェル　例によって、政局の行方がどうとかこうとかね——あ、そうだ。ちょっとした殺人事件がある！

クリストファ　殺人？　(ミス・ケースウェルに向き直り) そいつはいけるぞ！

ケースウェル　(新聞を渡して) 殺人マニアのしわざだと考えてるらしいな。パディントンの近くで女が首をしめられたんだって。セックス気ちがいだね、きっと。(ジャイルズの顔を見る)

ジャイルズはソファ・テーブルの右手に行く。

クリストファ　たいしたこと書いてないな。（下手の小型アームチェアにすわって読みあげる）「警察は事件当時カルヴァー通り付近で目撃された男を重要参考人とみて行方を追っている。この男は中肉中背で、黒ずんだ色のオーバーに明るい色のマフラーを身につけ、ソフト帽をかぶっているとみられ、警察はくりかえしラジオを通じて市民の協力を呼びかけている」
ケースウェル　気のきいた人相書きね。だれにだってあてはまりそう。
クリストファ　警察が重要参考人っていうのは要するに犯人のことじゃない、控え目にいってるだけで？
ケースウェル　まあね。
ジャイルズ　殺されたのはどんな女ですか？
クリストファ　ミセス・ライアンだってさ。モーリーン・ライアン夫人。
ジャイルズ　若い女？
クリストファ　齢《とし》は書いてないね。物取りじゃないらしいな……
ケースウェル　（ジャイルズに）だからさ――痴漢よ、痴漢。

モリーが階段を降りてきて、ミス・ケースウェルのそばに行く。

ジャイルズ　ケースウェルさんだよ、モリー。家内です。
ケースウェル　（立ち上がり）こんにちは。（勢いよくモリーと握手する）

ジャイルズは彼女のスーツケースを手に持つ。

モリー　ひどい雪になりましたわね。お部屋にご案内しましょう。お湯がわいてますから、バスお使いになれますけど。
ケースウェル　そうね、じゃそうするか。

モリーとミス・ケースウェルは上手の階段から退場。そのあとからジャイルズがスーツケースを持って続く。ひとり残されたクリストファは、立ち上がって探索を始める。上手手前のドアをあけ、のぞき込んでみてから、中へ入っていく。ほんのわずかの後、彼は上手奥の階段から姿を見せる。下手奥のアーチに行き、下手舞台外を見る。童謡〈ホーナー君〉[*3]を歌いだし、ひとりでほくそえむが、そのさまはいくぶん頭がいかれているような印象を与える。

大テーブルの後ろに行く。

ジャイルズとモリーが話しながら上手の階段から現われる。クリストファはカーテンのかげに隠れる。モリーは中央アームチェアの奥に行き、ジャイルズは大テーブルの左端に行く。

モリー　さァ、早いとこ台所へ行ってお料理にかからなくっちゃ。メトカーフ少佐はいい人だから安心だけど、問題はミセス・ボイルよ、こわくなっちゃう。お料理よっぽどがんばらないとだめね。いま考えてるのはね、ビーフ・ライスの缶詰二缶とグリンピース一缶あけて、マッシュポテトを添えるの。デザートはイチジクの砂糖漬けにカスタード。そんなんでいいと思う？

ジャイルズ　うん——いいだろう。ただ——すこし——ありふれてるけどね。

クリストファ　（カーテンのかげから出てきて、二人の間に入る）ぼくに手伝わしてくださいな。料理は得意中の得意なんだ。オムレツなんかどうですか？　卵あるでしょう？

モリー　ええ、卵ならたくさんありますわ、ニワトリ飼ってますから。思うように産まないけど、卵はためてあるんです。

ジャイルズは上手に離れる。

クリストファ　それから安物でいいけど、ワインがあったら、いま言った――ビーフ・ライスですか?――それにかければ、コンチネンタル風の味が出せる。ともかく台所に案内してください、材料を見てるうちにインスピレーションがわくかもね。

モリー　それじゃどうぞ。

二人は下手奥のアーチから台所へ退場する。ジャイルズはまゆをひそめて、なにやらクリストファをののしる言葉をつぶやき、それから下手手前の小型アームチェアに行く。新聞を取り上げ、非常な関心を示して記事を読む。

モリーが戻ってきて話しかけるので、ギクリとする。

親切な人よ。（ソファ・テーブルの奥へ行って）さっさとエプロンつけて、材料ならべて、あとはぼくに任せてくれ、三十分間あっちへ行ってろだって。こんなふうにお客さまがお料理つくってくれたら、手間がはぶけて大助かりよ。

ジャイルズ　なんだってあいつを一番いい部屋に入れたんだ？
モリー　言ったでしょ、大型のベッドが気に入ったっていうから。
ジャイルズ　柱つきの古めかしいやつがか。ふん！
モリー　ジャイルズ！
ジャイルズ　胸くそ悪くなるね、ああいうのは。（意味ありげに）あいつのスーツケース、持ってみなかったろ？
モリー　レンガでもはいってた？　（中央アームチェアに行ってすわる）
ジャイルズ　全然軽かったんだ。おれの見るところ、中身はからっぽだぜ。おそらくあいったチンピラは無銭飲食常習犯だろう。
モリー　まさか。いいひとよ、あの青年。（黙する）あのケースウェルっていう人、ちょっと変じゃない？
ジャイルズ　おそるべき女だな――いや、女かね、あれは。
モリー　変な人やらいやな人やら、そんなのにばかり来られたんじゃどうしよう。少なくともメトカーフ少佐、あの人はまともじゃないかしら。
ジャイルズ　おそらく、飲んべえだろ！
モリー　ほんと？

ジャイルズ　いやいや、ちょいとゆううつになったもんだからね。とにかく、最悪の覚悟はできた。客はもうこれだけだし。

玄関のベルが鳴る。

モリー　あれっ、だれだろう？
ジャイルズ　カルヴァー通りの犯人じゃないかな。
モリー　（立って）よしてよ！

ジャイルズは下手奥から玄関へ向かう。モリーは暖炉に寄る。

ジャイルズ　（舞台外）いえいえ――

パラビチーニ氏が小さなカバンを手にして、下手奥からよろめくようにして入ってくる。派手な口ひげを生やした年配の男、色は浅黒く、外人ふう。エルキュール・ポアロをいくぶん背を高くした感じなので、観客に誤解を与えるかもしれない。毛皮の裏を付けた重たそうなオーバーを着ている。アーチの右手側に寄りかかり、カバンをおろす。

ジャイルズが戻ってくる。

パラビチーニ　いくえにもおわびします。私——いえ、ここ、どこですか?

ジャイルズ　マンクスウェル山荘というゲストハウスですが。

パラビチーニ　おお、なんたるしあわせ! マダーム! （モリーに近づき、手を取って接吻する）

ジャイルズは中央アームチェアの奥へ行く。

祈り、かなえられました。ゲストハウス——それに美しいマダームね。おお、私のかわいそうなロールスロイス、雪の山に潜ってテンプクしたよ。見渡すかぎり、雪また雪。ここ、どこかわかりません。私、凍え死ぬと思ったね。それからカバン持って、雪の中、歩いた。大きな鉄の門、見えた。人の住む家! 助かった! 門を入ってから、雪の中、二回ころんだね。しかし、とうとうたどりつきました——

（あたりを見まわし）地獄に仏よ！（態度をかえて）今晩、泊めてくれますね——いいでしょう？
ジャイルズ　ええ、そりゃ……
モリー　小さい部屋しかありませんけど……
パラビチーニ　けっこう——けっこう——ほかにもお客いるでしょうね。
モリー　わたしたち、今日オープンしたばかりで——まだ新米なんですけど。
パラビチーニ（モリーに流し目を送り）おお、チャーミング——とてもチャーミングね！
ジャイルズ　ええと、お荷物は？
パラビチーニ　心配ない。車のかぎしっかり掛けてきたよ。
ジャイルズ　でも、中へ運び入れたほうがいいんじゃないですか？
パラビチーニ　いいのいいの。（ジャイルズの左手に近づき）こんな吹雪の晩、どろぼう外へ出ません。私のほしいもの、簡単。入り用なもの、全部——このカバン——この中。これだけでたくさん。
モリー　どうぞすっかり暖まってください。

パラビチーニは暖炉に寄る。

パラビチーニ　わたし、お部屋の用意してきます。（中央アームチェアに行く）じつは、北側の寒い部屋なんですのよ、ほかの部屋は全部ふさがってしまって。

モリー　では、お客、おおぜいいるの？

パラビチーニ　ボイルさんという中年のご婦人と、メトカーフ少佐と、ミス・ケースウェルと、クリストファ・レンという若い方と――そこへ――今度は、あなたが。

モリー　そう――思いがけない客。招かれざる客よね。どこからともなく――現われた――吹雪の中から。とてもドラマチックね？　私はだれ？　あなた、知らない。私はどこからきた？　あなた、知らない。私、なぞの男。（笑う）

パラビチーニ

モリーも笑ってジャイルズの顔を見る。ジャイルズはかすかに口をほころばす。パラビチーニは上機嫌でモリーに向かってうなずく。

しかし、いいですか。私がもう最後。このあと、ここへはだれも来ません。ここからだれも出て行きません。明日までに――いえ、たぶん、いますでに――ここは文明と縁を切りました。肉屋来ない、パン屋来ない、牛乳、郵便、新聞、だれもなんにも来ない――ここは私たちだけ。すばらしいね――とてもすばらしい。私にはもってこいよ。ところで、私の名前、パラビチーニです。(下手の小型アームチェアに行く)

モリー　ああ、わたしたち、ロールストンです。

ジャイルズはモリーの右手に移る。

パラビチーニ　ロールストンご夫妻ね？　(うなずく。二人とも会釈する。彼はあたりを見回してからモリーの左手に行く)それからここは――マンクスウェル山荘、でしたね？けっこう。マンクスウェル山荘。(笑う)よろしい。(笑う)大いによろしい。(笑って暖炉に近づく)

モリーはジャイルズと顔を見合わせる。二人が不安げにパラビチーニの方に目を向けるとき――

——幕がおりる——

第二場

場面　同じ場所。翌日の午後。

幕があがると、雪はやんでいるが、窓ぎわにうずたかく積もった雪が目にはいる。メトカーフ少佐がソファに腰をおろして本を読んでいる。ボイル夫人が下手の炉端の大型アームチェアに腰かけて、膝の上に便箋《びんせん》をのせて書きものをしている。

ボイル夫人　いま初めて開業するのだってこと、前もって知らせないなんて、ペテンにかけたようなもんですわ。

少佐　しかし、ものには始めというものがありますからな。けさの食事も悪くなかった。コーヒーも上等だし、卵のスクランブルに自家製のマーマレード。サービスも感じがいい。若いのに細君一人きりでよくやってますよ。

ボイル夫人　ズブのしろうとでしょう——専門家をおくべきですわ。

少佐　お昼もなかなかでしたね。
ボイル夫人　コンビーフよ。
少佐　それをコンビーフとは思わせなかった、赤ワインなど入れてね。晩にはパイを作るって約束しましたがね、あの細君。
ボイル夫人　（立ってラジエーターに行き）このラジエーター、ろくにきいてないわ。言ってやらなくっちゃ。
少佐　寝心地も快適でした。少なくとも私のベッドはね。ベッドはいかがでした？
ボイル夫人　まあまあってとこね。（下手の大型アームチェアに戻って、腰をかける）でも一番いい部屋をなぜあの変わり者の若い男に割り当てたんでしょうね、わけがわからないわ。
少佐　先に着いたからでしょう。先着順。
ボイル夫人　ここは広告の印象とは、大幅に違っていましたね。落ちついた書斎もない、だいいちもっと広いところで——ブリッジとかなんとかリクリエーションの設備ぐらい……
少佐　オールドミス向きの？
ボイル夫人　は？

少佐　いや――そうですそうです。ごもっとも。

クリストファが上手の階段から現われるが、二人は気づかない。

ボイル夫人　わたくし、こんなところに長居はいたしませんよ。

少佐　（笑いながら）でしょうな、あなたならば。

クリストファは上手奥の図書室に引っ込む。

ボイル夫人　ともかくあの若者は変わってます。精神が不安定ですね、おそらく。

少佐　精神病院から脱走して来たのかな。

ボイル夫人　いかにもそんな感じ。

下手奥のアーチからモリーが登場する。

モリー　（階段の上へ呼びかけて）あなたぁ？

ジャイルズ　（舞台外）なんだ？
モリー　裏口の雪かき、もう一度やってくれない？
ジャイルズ　（舞台外）いま行く。

モリーはアーチから退場。

少佐　手を貸しましょうか？　（立ち上がって下手奥のアーチに進む）いい運動になる。どうも運動不足でね。

少佐退場。
階段からジャイルズが現われ、下手奥のアーチから出て行く。モリーがぞうきんと電気掃除機を手にして戻ってきて、広間を横切り、階段をかけのぼる。ちょうど階段をおりてきたミス・ケースウェルにぶつかる。

モリー　すみません！
ケースウェル　いいのよ。

モリー退場。ケースウェルはゆっくりと中央へ進む。

ボイル夫人　まああきれた！　いったいなんです、あの女は。家事のイロハも心得てない。掃除道具をぶらさげて客の前を素通りしていくなんて。ここには裏階段というものがないのかしら？

ケースウェル　（ハンドバッグからタバコの箱を出し、一本抜き取りながら）あるわよ、裏階段。（暖炉に寄り）火事のときに便利ね。（タバコに火をつける）

ボイル夫人　だったらどうして使わないんですか？　ともかく掃除なんていうものは、午前中にすませておくものです、お昼ご飯まえに。

ケースウェル　でも当家の主婦は食事のしたくも自分でやるんだし。

ボイル夫人　すべて行きあたりばったり、いかにもしろうとと。まともな従業員がひとりもいないとは。

ケースウェル　近頃はなかなか雇いにくいんじゃない？

ボイル夫人　まったくね。労働階級の人たちが責任を放棄してしまったから。

ケースウェル　あわれな労働者。必死に抵抗してるんじゃないの？

ボイル夫人　(冷たく) あなたは社会主義者?
ケースウェル　そんなことないわ。あたし、アカじゃありませんよ——せいぜいピンクぐらいかな。(ソファに行き、左側のひじかけに腰かける) だけど政治には興味ないな——外国ぐらしをしてるし。
ボイル夫人　外国の方が住みやすいでしょうね。
ケースウェル　自分で料理や掃除をする必要ないからね——こっちじゃ、たいていの人が自分でやってるんでしょう?
ボイル夫人　ええ、残念ながらイギリスはますます下り坂、昔のおもかげはどこへやらよ。わたくしも去年とうとう家屋敷を売り払いました。とてもやっていけなくなって。
ケースウェル　ホテルや下宿の方が気楽だしね。
ボイル夫人　そりゃたしかに楽な面もあるけど。あなたはイギリスにはながくご滞在?
ケースウェル　事情しだい。仕事があるの。それが片づけば——引き上げます。
ボイル夫人　フランスへ?
ケースウェル　ううん。
ボイル夫人　イタリア?

ケースウェル　ううん。（にやりとする）

ボイル夫人は問いたげに顔を見るが、ケースウェルは反応を示さない。ボイル夫人は書きものを始める。ケースウェルは相手の顔を見てにやりとする。それからラジオのところに行き、スイッチを入れる。初めは静かだが、しだいに音量を上げる。

ボイル夫人　（いらだってくる。書き続けながら）もうちょっと音を下げてくれませんか！　手紙を書いていると、ラジオは気が散るんです。
ケースウェル　ああそう？
ボイル夫人　いまとくに聞きたいというのでなかったら……
ケースウェル　でもこの曲、大好きなんだな。あっちに図書室があるわよ。（上手奥の図書室のドアのほうへ頭を振る）
ボイル夫人　知ってますけど、この部屋のほうが暖かだもの。
ケースウェル　そりゃそうね。（音楽に合わせてダンスを始める）

ボイル夫人は一瞬にらみつけてから、立ち上がって上手奥の図書室へ退場する。ケースウェルはにやっとして、ソファ・テーブルに行き、タバコをもみ消す。舞台奥に行き、大テーブルから雑誌を一冊手に取る。

あのくそばばあ。（大型アームチェアにすわる）

クリストファが上手奥の図書室から出てきて、上手手前へくる。

クリストファ　おっと！
ケースウェル　やあ。
クリストファ　（図書室のほうへ手を振り）あのばばあ、ぼくの行くとこどこへでも追っかけてくるんだ――そうしてにらみつけやがる――ギョロリ。
ケースウェル　（ラジオを指さし）音、低くして。（クリストファはラジオの音量を下げて静かな演奏に戻す）
クリストファ　これでいい？
ケースウェル　うん、目的を達成したからね。

クリストファ　なんの目的?
ケースウェル　戦術さ。
クリストファはわけのわからぬ表情を見せる。ケースウェルは図書室を指さす。
クリストファ　ああ、ばばあのこと?
ケースウェル　一番いい椅子占領しちゃってさ。この椅子。
クリストファ　それで追っ払ったの?　よかったよ、そいつはよかった。ぼくはあのばばあ、大きらいなんだ。(すばやくケースウェルに近づき)ねえ、あいつを怒らせる方法考えない?　早くここから追い出そうよ。
ケースウェル　この雪の中?　そりゃ無理だな。
クリストファ　でもさ、雪がとけしだい。
ケースウェル　とけるまでに何が起こるかわかったもんじゃない。
クリストファ　そうだそうだ——たしかにね。(窓辺に行く)雪景色ってのはきれいだなあ。安らかで——清らかで……何もかも忘れてしまうよ。

ケースウェル　あたしは忘れないな。
クリストファ　きついこと言うね。
ケースウェル　いまも考えていたんだ。
クリストファ　どんなこと？　（ウィンドー・シートにすわる）
ケースウェル　枕もとの水さしに張った氷、血が出てヒリヒリ痛むあかぎれ——たった一枚のボロボロの毛布——寒さとこわさに震えおののく女の子……
クリストファ　またすごく陰惨だね——なあにそれ？　小説？
ケースウェル　あたしが小説家だってこと、知らなかった？
クリストファ　ほんと？　（立ってそばに寄る）
ケースウェル　というのは嘘よ、がっかりさせて悪いけど。（雑誌を顔の前にかざす）

クリストファは疑わしそうにして見るが、やがて上手へ行き、ラジオの音量をばかでかく上げて、応接間に入っていく。電話が鳴る。
モリーがぞうきんを手にしたまま、階段を駆けおりてきて、電話に出る。

モリー　（受話器を取って）もしもし？　（ラジオを消す）はい——マンクスウェル山

荘でございます。……は？……いえ、主人はいまちょっと出られないんです。わたし、ロールストンの家内ですけど。どなた……？　バークシア警察……？

ケースウェルは雑誌をおろす。

はい……ホグベン警視さん……でも無理だと思いますわ。おいでになれません、この雪ですから。完全に閉じ込められてるんです。なんにも通れませんの……

ケースウェルは立って、上手奥のアーチに行く。

道路は通れないんです……はい……はい……でも……もしもし――もしもし……

(受話器をおく)

ジャイルズがオーバーを着て、下手奥に姿を現わす。オーバーをぬぎ、ホールに掛ける。

ジャイルズ　モリー、シャベルもう一本どこだっけな？
モリー　（中央奥へ行き）あなた、たったいま警察から電話が。
ケースウェル　警察ざた？　無免許でお酒飲ませたんじゃない？

上手の階段に姿を消す。

モリー　警部だか部長刑事だかをよこすんだって。
ジャイルズ　（モリーの左手に出て）無理だよ、来られっこないよ。
モリー　わたしもそう言ったんだけど、なんだか自信があるみたい。
ジャイルズ　ばかな。ジープだって通れるもんか。だけど、なんの用件だって？
モリー　訊いたけど言ってくれないのよ。ただ、トロッター刑事とかいったと思うけど、その人が着いたら、話をしっかり聞いて、その指示にぜったい従うように、ご主人によく伝えてくれって言っただけ。何かあったんじゃない？
ジャイルズ　（炉端に進み）なんかヘマやったかな。
モリー　（ジャイルズの右手に近づき）ジブラルタルから送らせたナイロン・ストッキングのことかしら？

ジャイルズ　ラジオの許可は取ったはずだったね？
モリー　ええ、台所の戸棚にはいってる。
ジャイルズ　ついこのあいだ、あやうく衝突しかけたけど、ありゃ向こうの車が悪いんだ。
モリー　なんかしでかしちゃったのよ、わたしたち……
ジャイルズ　（ひざまずいて、暖炉に薪を一本さしこみながら）きっとここの営業のことだ。なんとか省のくだらん規則を無視したとかいうんだろ。法律どおりにやってけるもんか、この節は。（立ってモリーに向かう）
モリー　あァあ、こんな商売始めなきゃよかった。あと何日閉じ込められるのかわかんないのよ。みんないらいらしてくるし、買いだめの缶詰も底をつくだろうし。
ジャイルズ　モリー、元気を出すんだ。（モリーを両腕で抱く）さしあたって心配することはなんにもないんだよ。石炭バケツは全部いっぱいにした、薪は中に運んだ、カマドの火はおこした、鶏《とり》の世話はした。あとはボイラーの調子をみて、たきつけを用意すりゃ……（急に口をつぐむ）ねえモリー、（ゆっくりと大テーブルの左手に行く）考えてみると、この大雪の中をわざわざ警官を差し向けるってのは、ただごとじゃないぜ。よっぽど緊急の事態が……

二人は不安げに顔を見合わせる。
ボイル夫人が上手奥の図書室から出てくる。

ボイル夫人　（大テーブルの右手に進み）ああ、ご主人はこちらでしたか。図書室の暖房が全然きいてないこと、あなたご存じ？
ジャイルズ　すみません、ボイルさん、いまコークスが不足ぎみなもんでして……
ボイル夫人　わたくし、一週間に七ギニー払ってるんですよ——七ギニー払って凍えていろっていうの？
ジャイルズ　ボイラーたいてきます。

ジャイルズは下手奥のアーチから出て行く。モリーもアーチまで後を追う。

ボイル夫人　奥さん、よけいなことかもしれないけど、お宅ではずいぶん奇妙な若者を泊めておいでですね。マナーといい——ネクタイといい——それにあのモジャモジャの髪、いったい、くしを当てたことがあるのかしら。

モリー　若いけれど、とても有能な建築家なんです。
ボイル夫人　なんですって？
モリー　クリストファ・レンさんは建築家で……
ボイル夫人　あのね奥さん、サー・クリストファ・レンの名前ぐらい知ってますよ。
（暖炉に進む）十七世紀の大建築家、セントポール寺院を建てた人でしょう。あなた方、若い人たちは自分たちだけが教育を受けたつもりになっているけど……
モリー　いいえ、このレンさんのことですわ。同姓同名なんです。ご両親が建築家にしたいと思ってクリストファって名前をつけたんですって。（ソファ・テーブルに行き、ボックスからタバコを一本取る）で、今では建築家――ていうか、その卵っていうか――そのとおりになったんです。
ボイル夫人　フン、あやしげな話だこと。（大型アームチェアにすわる）わたくしだったら、よく身元を調べてみますね。いったいどの程度知ってるの、あの男のことは？
モリー　あなたのことと同じ程度ですわ――要するに、どちらも一週間七ギニーを払ってくださるってことだけ。（タバコに火をつける）必要なのはそれだけでしょう？そのほかのことはどうだってかまいません。いいお客さまだろうと（意味ありげに）いやなお客さまだろうと。
ボイル夫人　あなたはまだお若いし経験もないのだから、人生の先輩の忠告はすなおに聞くものですよ。それからあの外人さんのことは？
モリー　とおっしゃると？
ボイル夫人　予定してなかった人でしょう？
モリー　善意の旅行者を断わったら法律違反になりますわ。ご存じでしょう、あ、あなたなら？
ボイル夫人　どうしてわたくしが？
モリー　（中央手前に歩き）だって奥さん、治安判事をなさってたんじゃなかったの？
ボイル夫人　わたくしが言いたいのはね、あのパラビチーニとか名乗ってる人、あれはどうみても……

パラビチーニが音もなく上手の階段から現われる。

パラビチーニ　気をつけてくださいよ。噂をすれば影がさす。ハハハ。

ボイル夫人はギクリとする。

ボイル夫人　ちっとも気がつかなかった。

モリーはソファ・テーブルのかげに行く。

パラビチーニ　私、足音立てなかった――こんなふう。(爪先だって歩いてみせながら中央手前へ進む) だれにも聞こえない、だれも気がつかない。なかなかおもしろいね。

ボイル夫人　ふーん?

パラビチーニ　(中央アームチェアにすわり) いつだったか、若いご婦人がいたとき……

ボイル夫人　(立ち上がり) わたくし、手紙を書きあげなくちゃ。応接間の方がすこしは暖かかしら。

上手手前のドアから応接間へ入っていく。モリーはドアまでついていく。

パラビチーニ　私のチャーミングなマダーム、心配ごとあるみたいね。どうしたの？

（流し目で見る）

モリー　何もかもうまくいかないんです。雪のせいで。

パラビチーニ　そう。雪は物事をむずかしくするよね。（立ち上がる）ときには、たやすくもする。（大テーブルに行き、腰をかける）そう――とてもたやすくする――とても。

モリー　なんのことかわたしには。

パラビチーニ　わからないことばかりよね。まず第一、あなたはゲストハウスの経営のしかた、よくわからないね。

モリー　（ソファ・テーブルの右手に行き、タバコをもみ消す）ええ、そうでしょう。でもなんとかやってみせますわ。

パラビチーニ　ブラーヴォ――ブラーヴォ！　（拍手して立ち上がる）

モリー　わたし、お料理だってそうヘタじゃないし……

パラビチーニ　（色目を使いながら）あなた、ほんと、すばらしいコックさんよ。（ソファ・テーブルの後ろに行き、モリーの手を取る）

モリーは手を引っ込めて、ソファの手前から舞台中央に出る。

しかし奥さん、私、ひとつ忠告したいね。（ソファの手前へくる）あなたも、ご主人も、ひとを信用しすぎてはいけないよ。いまいるお客の人たち、身元はたしかなの？

モリー　それがしきたりですか？　（パラビチーニに向き直る）わたし、お客さまって――どなたであろうと……

パラビチーニ　同じ屋根の下に寝る人よ、もっと調べる方がいいね。たとえばこの私。車が雪でテンプクしたと言った。あなた、私のこと、何を知ってる？　全然ノー！　私、どろぼうかもしれない、強盗かもね。（ゆっくりとモリーに近づく）脱獄囚――狂人――殺人鬼かもよ。

モリー　（後退して）まあ！

パラビチーニ　ほらね！　ほかの人のことも、ろくに知らないでしょう。

モリー　でも、ミセス・ボイルのことでしたら……

　ボイル夫人が応接間から出てくる。モリーは中央奥の大テーブルに行く。

ボイル夫人　応接間はまるっきり冷蔵庫。やっぱり手紙はここで書くわ。（大型アームチェアに行く）

パラビチーニ　火を燃やしてあげましょう。（下手の暖炉に行き、火をかきたてる）

　メトカーフ少佐が下手奥のアーチから登場する。

少佐　（モリーに、旧式な礼儀作法で）奥さん、ご主人はおいでですか？　じつは、一階の――あ――お手洗いの水道管が凍ってしまったようで。

モリー　あらあら。なんて日でしょう、今日は。警察やら、水道やら。（下手奥のアーチに行く）

　パラビチーニは火かき棒を音を立てて下におく。メトカーフ少佐は愕然とした様子で立ちつくす。

ボイル夫人　（驚いて）警察？

少佐　（大声で、信じられないように）警察ですって？（大テーブルの右端に行く）

モリー　電話があったんです、いましがた。ここへ刑事を差し向けるって。（雪を見る）でも来るといってもこの雪では。

　ジャイルズが下手奥のアーチから薪のかごを持って入ってくる。

ジャイルズ　あのコークスときたら半分以上石っころだぜ、法外な値段をつけて……あ、みなさん、どうかしました？

少佐　警察が来るんですって？　なぜですか？

ジャイルズ　いや、ご心配なく。この雪じゃだれも通れませんよ。吹きだまりの所はたっぷり二メートル。道路は完全に雪の山。今日ばかりはだれも来られたもんじゃない。（薪を暖炉に運ぶ）失礼します、パラビチーニさん。ちょっとそこを。

　パラビチーニは暖炉から舞台手前に動く。

窓に強いノックの音が三回して、トロッター刑事が窓ガラスに顔を押しあてて中をのぞきこむ。モリーは叫び声を上げてそれを指さす。ジャイルズが窓をあける。トロッター刑事はスキーをはいている。多少ロンドンなまりの陽気な平凡な青年。

トロッター　ロールストンさんですか？
ジャイルズ　はい。
トロッター　やあどうも。トロッター刑事です、バークシア警察の。すみません、スキーをはずすから、どこかにしまってくれませんか？
ジャイルズ　（下手を指さし）あっちへ回ってください、玄関へ。いまあけますから。
トロッター　ありがと。

ジャイルズは窓をあけたままにして、下手奥の玄関へ出ていく。

ボイル夫人　まったく近頃の警察官ときたら、ひとの税金を使ってウインター・スポーツを楽しんでる。

モリーは大テーブルの前を通って窓辺に行く。

パラビチーニ　(大テーブルの中央まで行き、モリーに鋭くささやきかける)　なぜ警察を呼んだ、なぜ?

モリー　呼んだんじゃありません。(窓をしめる)

クリストファが上手の応接間から姿を現わし、ソファの右手にくる。パラビチーニは大テーブルの左端に動く。

クリストファ　だれ、あの男?　どこから来たの?　応接間の窓の外をスキーでスイスイさ。全身雪だらけ、元気はつらつ。

ボイル夫人　意外でしょうけど、あれは警察官ですよ。警察官が――スキーだなんて!

ジャイルズとトロッターが玄関から登場する。トロッターはスキーをはずして手に持っている。

ジャイルズ　（下手奥のアーチの左手に行き）みなさん――トロッター部長刑事です。
トロッター　（大型アームチェアの右手に行き）こんにちは。
ボイル夫人　部長ってことないわね、若すぎるもの。
トロッター　私は見かけほど若くはないんでして。
クリストファ　でもはつらつとしてるね。
ジャイルズ　スキーは階段の下にしまっときます。

ジャイルズとトロッターは下手奥のアーチから退場。

少佐　奥さん、すみませんが電話を拝借できますか？
モリー　ええ、どうぞどうぞ。

少佐は電話に行ってダイアルする。

クリストファ　（ソファの左端にすわり）すごくハンサムじゃなかった、いまの人？
警官っていうのは、みんなすごくハンサムだな。

ボイル夫人　頭の方はからっぽ。ひと目見ればわかります。
少佐　（電話に）もしもし！　もしもし！……（モリーに）奥さん、この電話、通じませんね——全然音がしない。
モリー　あら、ついさっきまでよかったのに。
少佐　雪の重みで線が切れたんだろう。
クリストファ　（ヒステリックに笑って）さあいよいよここは陸の孤島だ。われわれは完全に孤立。こっけいだね、こりゃ？
少佐　（ソファの右手に行き）笑いごとじゃないですな。
ボイル夫人　そうですとも。
クリストファ　いや、この冗談はね、ひとにはわからないんだ。しっ、デカさん、戻ってきた。

下手奥のアーチから、トロッターとジャイルズがあいついで戻ってくる。トロッターは舞台中央手前に進み、ジャイルズはソファのテーブルの右手に行く。

トロッター　（手帳を取り出して）さて、それでは始めましょう、ロールストンさん。奥さん？

モリーは中央手前へ出る。

ジャイルズ　私たち二人だけの方がよかったら、図書室へでも？　（上手奥の図書室のドアのほうを指し示す）
トロッター　（観客に背を向けて）その必要はありません。みなさんいっしょのほうが手間がはぶける。そこのテーブルのわきに腰かけていいですか？　（大テーブルの左端に行く）
パラビチーニ　失礼。（テーブルの後ろから右端に移動する）
トロッター　どうも。（大テーブルの後ろにどっかと腰をすえる）
モリー　早く聞かせてください。（大テーブルの左端に進む）わたしたち、何をしたんですの？
トロッター　（驚いて）した？　いえいえ、そんなことじゃない。全然違う。話せばわかりますが、警察の保護を必要とする問題が生じまして。

モリー　警察の保護？
トロッター　ライアン夫人の事件に関連してですが――きのう、十五日、ロンドン市西二区カルヴァー通り二十四番地で殺されたミセス・モーリーン・ライアンという人。この事件のことはお耳に入ってますか？
モリー　ええ。ラジオで聞きました。首をしめられたとか？
トロッター　そう。（ジャイルズに）そこでまず最初にお尋ねしたいのは、あなた方はこのライアンなる女と知り合いだったかどうか。
ジャイルズ　聞いたこともありません。

モリーは首を振る。

トロッター　いや、ライアンという名前では知らないかもしれない。本名じゃないからね。前科があったから、指紋照合の結果、簡単に身元が割れましたよ。本名はモーリーン・スタニング。亭主は農夫でジョン・スタニングといって、ここからほど遠くないロングリッジ農場に住んでいた人です。
ジャイルズ　ロングリッジ農場！　それはたしか、小さい子どもたちが……？

トロッター　そう、ロングリッジ農場事件。

ケースウェルが上手の階段から登場する。

ケースウェル　三人のみなしごが……（下手手前のアームチェアに行って腰をかける）

一同は彼女に注目する。

トロッター　そのとおり。コリガン家のきょうだい。男の子二人に女の子一人。養育者が必要だと裁判所が判断した。ロングリッジ農場のスタニング夫妻が引き取って里親になった。その後三人の子どもの一人が死亡。原因は悪質なる責任放棄、長期にわたる児童虐待。当時はかなり騒がれた事件です。

モリー　（非常に動揺して）ひどい話。

トロッター　けっきょくスタニング夫妻は禁固刑の判決を受けました。亭主の方は獄中で死亡したが、女房は刑期を勤めあげて釈放、そうしてきのう、いま言ったようにカルヴァー通り二十四番地で絞殺されたというわけです。

モリー　犯人は？

トロッター　これから言います。殺人現場の近くで、手帳が発見されました。その手帳の中に住所が二カ所書き込んであった。一つはカルヴァー通り二十四番地。いま一つは（間《ま》をおいてから）マンクスウェル山荘です。

ジャイルズ　なんだって？

トロッター　そうなんですよ。

次のせりふの間に、パラビチーニはゆっくりと上手の階段口へ動き、アーチの奥側の面に寄りかかる。

ですからね、ロンドン警視庁から連絡を受けると署長のホグベン警視が、こりゃほっとけない、至急刑事をここに派遣して、ロングリッジ農場事件とあなた方との関係、あるいは、この家の泊まり客との関係、それらを洗い出してこいと……

ジャイルズ　（大テーブルの右端に移り）関係はありません——全然ない。偶然の一致です。

トロッター　署長は偶然とは考えてないんですがね。

メトカーフ少佐は向き直ってトロッターの顔を見る。次のせりふの間に、パイプを取り出してタバコをつめる。

できるなら署長みずから出向きたいと言ったんだが、なにしろこんな状態だ、スキーができる私が派遣されてきたってわけです。私の受けた指令は、現在この家にいる人全員の実情を調査して電話で報告すること、それからその人々の安全を確保するための適切な処置を講じること……

ジャイルズ　安全？　いったい、どんな危険があるっていうんですか？　まさか、ここでまさか殺人が行なわれるとでも。

トロッター　ご婦人方もいることだし、おどかしたくはないけど――正直にいえば、そういうことですな。

ジャイルズ　だって――なぜ？

トロッター　それを調べにやってきたんですよ。

ジャイルズ　気ちがいじみてますよ、そんな。

トロッター　そうね。気ちがいじみているからこそ危険なんで。

ボイル夫人　ばかばかしい！
ケースウェル　すこし考えすぎじゃないのかな。
クリストファ　こいつはおもしろくなってきたぞ。（振り向いて少佐の顔を見る）

メトカーフ少佐はパイプに火をつける。

モリー　刑事さん、理由はそれだけなんですか？
トロッター　じつはね、奥さん。二ヵ所の住所の下に〈三匹のめくらのネズミ〉と書いてあった。それから被害者の死体の上に紙が一枚あって、それには〈一匹目〉と書いて、字の下に、三匹のネズミの絵と楽譜の一節がかいてあったんですよ。楽譜は例の童謡の〈三匹のめくらのネズミ〉のメロディ。ご存じでしょう。（歌う）三匹の　めくらのネズミが……
モリー　（歌う）三匹の　めくらのネズミが　かけてきた　チュッチュのチュ……
ああ、こわい。
ジャイルズ　三人の子どもがいて、ひとり死んだんでしたね？
トロッター　ええ、末の男の子が、十一で。

ジャイルズ　あとの二人は？
トロッター　上の女の子はどこかへ養女にもらわれてったそうだが、その後の消息はつかめてません。次の男の子は生きてれば二十三なんだが、軍隊を脱走して行方不明。軍医の話によると、あきらかに分裂症だったそうで。（説明して）頭がいかれてるんですな。
モリー　それじゃその人を犯人と見てるんですね、そのライアンさんだか──スタニングさんだかを殺した？　（中央アームチェアに進む）
トロッター　ええ。
モリー　その男が殺人魔で（腰をかける）ここに来て、だれかを殺そうとしてると──でも、なぜですか？
トロッター　そこをみなさんから聞き出したいんですよ。署長の考えでは、かならず関係があるはずだというんですがね。（ジャイルズに）ご主人はロングリッジ農場の事件とはなんの関係もないとおっしゃるんですな？
ジャイルズ　ええ。
トロッター　奥さんも同じ？
モリー　（不安そうに）わたしも──ええ──関係ありません。

トロッター　使われてる人たちは？

ボイル夫人が非難の声を出す。

トロッター　けっこうですよ。

モリー　ひとりも使っていません。（立ち上がって下手奥のアーチに行く）それで思い出した。わたし、台所へ行ってもいいですか、刑事さん？　あっちにいますから。

モリーはアーチから退場。ジャイルズも下手奥のアーチに行きかけるが、刑事が話しだすので立ち止まる。

では、みなさんのお名前を教えてください。

ボイル夫人　まったくばかげてるわ。ここはホテルのような所ですよ、わたくしたちはきのう着いたばかりの泊まり客。ことはなんの関係もありません。

トロッター　しかし、前から予定していたことでしょう。あらかじめ部屋の予約をして。

ボイル夫人　そりゃそうよ。あのなんとかさん以外は――（パラビチーニの顔を見る）

パラビチーニ　パラビチーニです。（大テーブルの右端に行く）私の車、雪の中、テンプクしたのよ。

トロッター　なるほど。つまりね、あなた方をつけねらっているものならですよ、あなた方がここへ来る予定だぐらい知り得たとしてもおかしくはない。そこでだ、私が知りたいのは、至急に知りたいのは、いったいあなた方のうちのどなたがロングリッジ農場の事件に関係していたかです。

完全なる沈黙。

あのねえ、頭を働かしてくださいよ。この中のだれかに危険が迫ってるんだ——命にかかわる危険が。それはいったいだれなんですか？

さらに沈黙。

じゃいい、ひとりずつきいていきましょう。（パラビチーニに）まずあなたからだ。ここへ来たのは偶然の事故ということでしたね、パリビッチさん？

パラビチーニ　パラです、パラビチーニ。しかし刑事さん、私、知らないです。いまの事件のこと、全然知らない。私、外国人です。この土地の昔のこと、全然知らないです。
トロッター　（立って、ボイル夫人の右手に進む）お名前は——？
ボイル夫人　ボイルです。わたくしにはさっぱり——だいいち不愉快ですわ……なんでこのわたくしが、そんな——いやらしい事件にかかわってるもんですか？

メトカーフ少佐がするどく顔を見る。

トロッター　（ケースウェルの顔を見て）そちらは？
ケースウェル　（ゆっくりと）ケースウェル。レスリー・ケースウェルです。そんな農場の話は聞いたこともありません、なんにも知りません。
トロッター　（ソファの左側に行き、メトカーフ少佐に）こちらは？
少佐　メトカーフ——少佐です。事件のことは当時新聞で読みましたよ。エジンバラに駐在していたころ。個人的知識は皆無ですな。
トロッター　（クリストファに）あなたは？

クリストファ　クリストファ・レン。ぼくはそのころは子どもだったろうね。聞いた記憶もないもの。

トロッター　（ソファのテーブルの後ろに行き）言うことはそれだけですか――ほかにはだれも？

沈黙。

（中央へ行き）では、この中でだれかが殺されたとしても、それは自分のせいですからね。それじゃご主人、建物を案内してください。

トロッターはジャイルズとともに下手奥から退場する。パラビチーニはウィンドー・シートに腰をおろす。

クリストファ　（立ち上がって）どうだい、すごい、すごいメロドラマじゃないか。あの警官、ハンサムでしたね？　（大テーブルまで歩き）ぼくは警官が大好きだな。みんなピリッとしてハードボイルドで。いやぁ、この一件はスリル満点、こたえら

れないよ。〈三匹のめくらのネズミ〉か。どんな節だっけ？　（口笛を吹くかハミングするかする）

ボイル夫人　およしなさい！

クリストファ　おきらい？　（ボイル夫人の右手に行く）でもさ、これテーマソングでしょう——殺人鬼の主題歌。ちょっと考えてみて、当人はどれだけ楽しんじゃってるか。

ボイル夫人　くだらない、芝居がかってる。わたくしには全然信じられないわ。

クリストファ　（その背後に忍び寄り）待ってくださいよ、ボイルさん。やがてぼくがこっそりと忍び寄って、両手をあなたののどくびにかけたら……

ボイル夫人　やめて……（立ち上がる）

少佐　もうよしたまえ、くだらん冗談は。ふざけてる場合じゃない。

クリストファ　ほう、そうだろうか！　（中央のアームチェアの奥に行く）だってこれは最初っからふざけた話なんだ。狂人の悪ふざけ。そこが無気味でおもしろいとこさ。（下手奥のアーチに行き、あたりを見まわしてクスクス笑う）みんなに自分の顔をひと目見せてやりたいよ！　（アーチから出て行く）

ボイル夫人　（下手奥のアーチに行き）なんて無作法な、なんて非常識な。

モリーが下手手前の食堂から出てきて、ドアの横に立つ。

モリー　主人はどこかしら？

ケースウェル　おまわりさん案内してもっか邸内パトロール中よ。

ボイル夫人　（大型アームチェアに行き）ちょっと、お宅の建築家さんはね、することなすこと、はなはだ異常ですね。

少佐　近ごろの若いものはがいして感情的ですからな。まあおいおい直ると思うけど。

ボイル夫人　（腰をおろし）感情的？　わたくしは感情的な人間にはがまんがならないんです。自分が理性的な人間ですから。

ケースウェルは立って、上手のアーチに歩く。

少佐　そうですか？　あなたにとってはさいわいなことでしたね。

ボイル夫人　どういう意味？

少佐　（中央のアームチェアの右手に進み）事件当時の治安判事の一人は、ボイルさん、あなただったでしょう？　つまり、三人の子どもをロングリッジ農場に送り込んだ責任者はあなただったわけだ。

ボイル夫人　とんでもない。わたくしの責任なもんですか。福祉事務所の報告に基づいてしたことです。あの農場の人はとてもいい人で、しんから子どもをほしがっているっていうし、申し分ないと思われたんです。産みたての卵に、新鮮なミルクに、健康的な田園生活が待っていると……

少佐　蹴とばされ、ぶんなぐられ、ひもじい思いで泣きくらす悲惨な生活と冷酷非情な夫婦がね。

ボイル夫人　それがどうしてわたくしにわかって？　評判のいい人たちだったのに。

モリー　やっぱりそうだ。（中央奥に行き、ボイル夫人をにらむ）あなたでしたのね……

……

メトカーフ少佐はきびしくモリーを見る。

ボイル夫人　公務を果たそうとしただけなのに、非難を受けるなんて。

パラビチーニが大声で笑い出す。

パラビチーニ　これは失礼、しかしおかしいよね。私、とてもおかしい、とっても。

なおも笑いながら、上手手前から応接間に退場する。モリーはソファの左手に移る。

ボイル夫人　なんていやらしい、あの外人！

ケースウェル　（ソファのテーブルの右手に行き）ゆうべどこから来たんだって？（ボックスからタバコを一本取る）

モリー　知りません。

ケースウェル　ヤミ屋って感じだね。顔もお化粧してるよ、ルージュやらパウダーやら。ぞっとするな。あれ、相当の年なんだろうね。（タバコに火をつける）

モリー　でも、歩きっぷりは若々しいけど。

少佐　薪《まき》が足りないようだ。取って来ます。

下手奥へ退場。

モリー　まだ四時だっていうのに、こんなに暗くなって、明かりつけましょう。（下手手前へ行き、暖炉上方の壁つきブラケットのスイッチを入れる）これでいい。

間。ボイル夫人は落ちつきなくモリーの顔、つづいてケースウェルの顔を見やる。

二人とも彼女の顔をじっと見つめたまま。

ボイル夫人　（書きものの道具をとりまとめ）万年筆、どこへやったろう？　（立って上手に向かう）

上手奥から図書室に退場する。応接間からピアノの音が聞こえてくる――〈三匹のめくらのネズミ〉の曲――一本の指で弾いているのだ。

モリー　（奥の窓に行き、カーテンをしめる）不愉快になるわ、あの歌聞いてると。

ケースウェル　きらいなの？　子どものころを思い出すから——不幸な少女時代を？
モリー　わたしはとてもしあわせでした。（大テーブルの中央にまわりこむ）
ケースウェル　運がよかったのね。
モリー　あなたは？
ケースウェル　（暖炉に近づき）全然。
モリー　それはそれは。
ケースウェル　でも昔の話だもの。年をとれば忘れるか……
モリー　そうね、きっと。
ケースウェル　あるいは忘れないか。いちがいには言えないな。
モリー　子どものときの体験は何よりも重要だって言うでしょう？
ケースウェル　言うでしょうって、だれが言うの？
モリー　心理学者が。
ケースウェル　くだらない。ただのたわごとじゃない。心理学も精神分析もあたしには
　頭へくるね。
モリー　（ソファの前へ出てきて）わたし自身は問題にしてないけど。
ケースウェル　それでいいのよ、それで。どうせ全部うそっぱちさ——あんなのは。人

生はね、自分で作るものでしょう。前進するのよ――振り返らないで。
モリー　でもときには、振り返らずにはいられないってこともあるわね。
ケースウェル　ばかな。意志の問題です。
モリー　たぶんね。
ケースウェル　（力強く）あたしには自信がある。（中央手前へ進む）
モリー　おっしゃるとおりでしょう……（ため息をつく）だけど、ときたま、何かが起こると――つい思い出してしまって……
ケースウェル　負けちゃいけない。過去を見ちゃだめよ。
モリー　それでいいのかしら？　よくわからない。ひょっとするとその反対で、本当は――まともに見すえるべきじゃないかと思うの。
ケースウェル　それはなんのことかその内容しだいさ。
モリー　（軽く笑って）わたしって、ときどき何を言ってるのか自分でも。（ソファにすわる）
ケースウェル　（モリーのそばに寄り）ともかくあたしは過去によって影響はされないわ――自分の意志に反してはね。

ジャイルズとトロッターが上手の階段から戻ってくる。

トロッター　いやぁ、上の方は異状なしだ。（開いている食堂のドアを見ると、そちらへ歩いて中へ消える。下手奥のアーチからふたたび現われる）

ケースウェルが食堂に入っていく、ドアをあけたまま。モリーは立ち上がって、クッションを直したり、その辺を片づけだす。それからカーテンのところに行く。ジャイルズがモリーの右手に寄る。トロッターは上手前方に進む。

（上手手前のドアをあけて）ここはなに、応接間ですか？

ドアの開いているあいだだけ、ピアノの音が大きく聞こえる。トロッターは応接間の中へ入って、ドアをしめる。間もなく上手奥のドアのところに姿を現わす。

ボイル夫人　（舞台外で）ドアをしめてくださらない。風が入りますから。

トロッター　失礼しました。間取りを調べていたもんで。

トロッターはドアをしめて、階段をのぼって退場する。モリーが中央アームチェアの奥に出る。

ジャイルズ　（モリーの右手に近づき）モリー、さっきの話はいったい……？

トロッターが階段を降りてくる。

トロッター　ひとわたり見歩きました。疑わしい点はありませんな。さっそくホグベン警視に報告します。（電話に行く）

モリー　（大テーブルの右手に進み）電話は通じません。線が切れてます……

トロッター　（クルリと向きなおって）え？　（受話器を取る）いつから？

モリー　あなたがいらっしたすぐあと、メトカーフ少佐がかけようとしたら。

トロッター　その前は通じていたんでしょう。警察からの電話はかかったんだし。

モリー　ええ。ですからそのあと、雪の重みで線が切れて。

トロッター　そうかな。あるいは切られたのかもしれない。（受話器をおき、二人に向かう）
ジャイルズ　だれかに？　だれがそんな？
トロッター　ご主人……あなたはいったい泊まり客のことをどの程度にご存じですか？
ジャイルズ　私は——私たち、本当のところ、なんにも知ってませんね。
トロッター　まずいな。（ソファのテーブルの奥に行く）
ジャイルズ　（その左手に寄り）ミセス・ボイルの申し込みはボーンマスのホテルからだし、メトカーフ少佐の手紙は——どこからだっけ？
モリー　レミントンから。（トロッターの右手に行く）
ジャイルズ　それからレンはハムステッドから、ケースウェルはケンジントンのホテルからの手紙でした。パラビチーニは、さっきも言ったように、ゆうべだしぬけに来たんですが、でも、みなさんめいめい配給カードとか——そういったのは持ってると思いますがね。
トロッター　それはこっちで調べます。だけど、そういう証明書はあまり信用がおけないんでね。
モリー　でもかりにその——殺人魔が、ここへ来てわたしたちを——いいえ、だれかを殺そうとしても、今なら安全ですわね、雪のおかげで。とけるまではだれもここへは。
トロッター　だが、すでに来ていたら？
ジャイルズ　すでにここに？
トロッター　そう。この人たちが着いたのはみんなきのうの夕方だ。スタニング殺しからは何時間もたってる。時間はじゅうぶんあるでしょう。
ジャイルズ　しかしパラビチーニのほかは、みんな前まえからの予約ですが。
トロッター　そのとおり。だが、これらの犯行は計画的ですからね。
ジャイルズ　い、いい、これらの犯行って、事件はまだ一回だけでしょう？　カルヴァー通りだけで。なぜそう第二の事件がここで起きると確信してるんですか？
トロッター　起きるとは言ってない――それを食いとめようとしてるんだから。しかし、企てられるだろうとは言っておきます。
ジャイルズ　（暖炉に寄って）信じられない。あまりにも現実ばなれしてる。
トロッター　現実ばなれじゃない、事実なんだ。
モリー　どんな人相なんですか、その――ロンドンの犯人は？
トロッター　中肉中背、黒っぽいオーバー、ソフト帽、顔をマフラーでかくして、低いささやくような声でものを言う。（中央アームチェアの右手に行く。口をつぐむ）

いま玄関ホールに黒っぽいオーバーが三つかかっていたが、一つはご主人のですか
……それからグレーのソフト帽が三つ……

ジャイルズは下手奥のアーチの方に行きかけるが、モリーの声で立ち止まる。

モリー　わたし、どうしても信じられませんの。
トロッター　いいですか？　私が気にしてるのは電話線のことだ。もしだれかに切られたんだとしたら……（電話機のそばに行き、かがみこんで電話線を調べる）
モリー　ああ、わたし、野菜を煮てこなくっちゃ。

モリーは下手奥のアーチから退場する。ジャイルズは中央アームチェアからモリーの片方の手袋を拾い上げ、ぼんやりと手に持ってしわをのばしているが、手袋の中からロンドンのバスの切符を引き出すと――じっと見つめてから――モリーの退場したあとを見送り――また切符に目を戻す。

トロッター　親子電話《エキステンション》はついてますか？

ジャイルズはバスの切符にたいしてまゆをひそめ、返事をしない。

ジャイルズ　失礼。何か言いました？

トロッター　いやね、親子電話はついてますかって。（中央に行く）

ジャイルズ　あります、上の私たちの寝室。

トロッター　上へ行って試してみてください。

ジャイルズは手袋とバスの切符を持ち、茫然自失のていで階段をのぼって退場。トロッターは電話線をたどって窓まで行く。カーテンを開き、窓をあけて、線の先を見定めようとする。いったん下手奥のアーチから出ると、懐中電灯を持って戻ってくる。窓に行き、外へとび出して、調べるためにかがみこんで、姿が見えなくなる。

あたりはほとんどまっくら。

ボイル夫人が上手奥の図書室から出てくる。身震いして、窓が開いているのに気づく。

ボイル夫人　（窓に行き）だれがあけたんだろ？　（窓をしめ、カーテンをしめると、暖炉に行って薪を一本ほうり込む。ラジオの所に行ってスイッチを入れる。大テーブルに行き、雑誌を手に取って眺める）

ラジオから音楽の番組が流れてくる。ボイル夫人は顔をしかめて、ラジオの前に行き別の番組のダイアルをまわす。

ラジオの声　……そこで恐怖感とは何か、その心理構造を理解するには恐怖が人の心にどんな作用を及ぼすかを調べる必要があります。たとえば、あなたがいま部屋にひとりぼっちでいるとする。時はたそがれどき、後ろのドアが音もなくスーッと開く……

下手手前のドアが開く。〈三匹のめくらのネズミ〉の曲が口笛で聞こえてくる。ボイル夫人ははっとなって振り向く。

ボイル夫人　(ほっとして) ああ、あなただったの。ろくな番組が見つからなくてね。
(ラジオに行き、音楽番組にダイアルを変える)

開いた戸口から片手が出て、電灯のスイッチをカチリと消す。照明が急に消える。

おや——何をするの？　なぜ消してしまったんですか？

ラジオが最大の音量で鳴りひびく。その中から、のどから出る息苦しそうな音と、人のもみ合う音が聞こえる。ボイル夫人のからだが倒れ落ちる。
下手奥のアーチからモリーが出てきて、とまどって立ちすくむ。

モリー　あら、まっくらじゃない。まぁなんて騒々しい！

下手奥のスイッチを入れて、ホールと上手のブラケットの電灯をつける。音量を下げようとラジオに近づく。そのとき、ソファの前に絞殺されて倒れているボイル夫人に気がついて、悲鳴を上げる。それと同時に——

——すばやく幕——

第二幕

舞台配置図

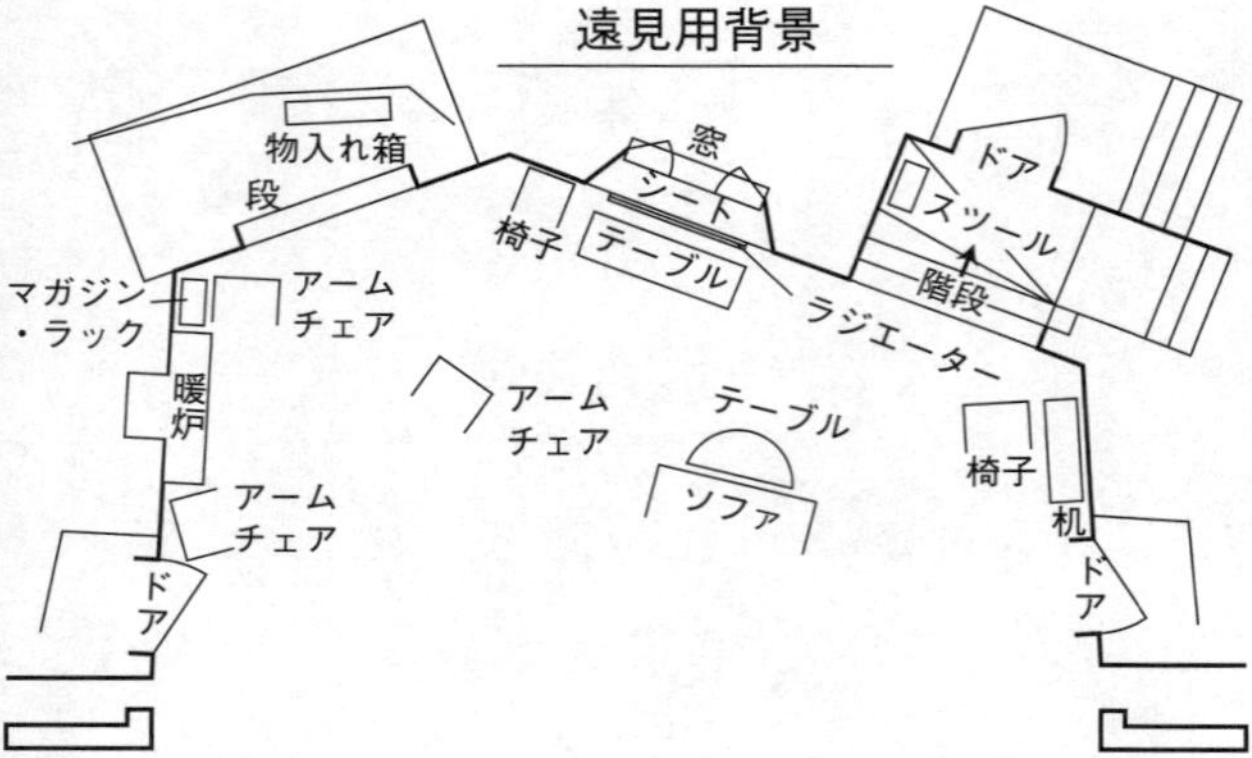
遠見用背景
物入れ箱
段
窓
シート
椅子
テーブル
ドア
スツール
階段
ラジエーター
マガジン
・ラック
アーム
チェア
暖炉
アーム
チェア
テーブル
ソファ
椅子
机
アーム
チェア
ドア
ドア

場面　同じ場所。十分後。

幕があがると、ボイル夫人の死体は運び出されたあとで、部屋には全員が集まっている。トロッター刑事が処理に当たっていて、大テーブルの上の舞台奥寄りに腰をおろしている。モリーだけは大テーブルの左端に立っているが、ほかの人々は腰かけている――メトカーフ少佐は下手の大型アームチェアに、クリストファは机の椅子に、ジャイルズは上手の階段に、ミス・ケースウェルはソファの左端に、そしてパラビチーニはソファの右端にいる。

トロッター　さあ奥さん、よぉく考えてくださいーーよぉく……

モリー　（いまにもくずおれそう）もうだめです。頭がぼうっとして何がなんだか……
トロッター　あなたが入ってきたのは、ボイルさんの殺された直後ですよ。台所からここまで来るあいだに、ほんとうにだれにも会わなかった？　声も聞こえなかった？
モリー　ええ——気がつきません。なにしろラジオがものすごい音で——いったいだれがつけたのかしら——あれじゃどんな音でも。
トロッター　そこが犯人のねらいだな——（意味ありげに）男にしろ女にしろ。
モリー　あれじゃ聞こえっこないんです。
トロッター　ともかぎらない。もし犯人があっちのほうへ（下手の方角を指さす）出て行ったとすれば、あなたが台所から来る音を聞いて、裏階段へ逃げたか——食堂へ逃げ込んだかだ……
モリー　そういえば——はっきりしないんですけど——ドアがギギーッと——しまったような音が——ちょうど台所から出たときです。
トロッター　どこのドア？
モリー　わかりません。
トロッター　よく考えてみて——一生けんめい。二階か下か？　すぐそばか？　右のほうか？　左のほうか？

モリー　（涙ぐんで）わからないんです。聞こえたのかどうか、それだってはっきりしないんです。（中央のアームチェアに行って腰をおろす）
ジャイルズ　（立って大テーブルの右手に行きながら、憤慨して）これ以上家内をいじめないでくださいよ。見りゃわかるでしょう、すっかりまいっちゃってる。
トロッター　（きびしく）これは殺人事件の捜査ですよ。いままでこの問題をだれひとり深刻に受けとめてくれなかった。ボイル夫人もそうだ。重大情報を私に知らせなかった。あなた方みんながかくしていた。ま、そのボイルさんは死んだが、ここで問題の核心をつきとめなければ——しかもいますぐやらなければ——さらにもうひとり、だれかが死ぬかもしれない。
ジャイルズ　もうひとり？　ばかな。なぜ？
トロッター　（厳粛に）めくらのネズミは三匹ですよ。
ジャイルズ　一匹に一人ずつ？　だけどロングリッジ農場との関係がなけりゃ——その三人目の人にしたって。
トロッター　そのとおり。
ジャイルズ　それがどうしてここで死ぬことになるんですか？
トロッター　手帳の住所は二カ所だけだった。カルヴァー通り二十四番地には、可能性のあるのはたった一人で、それはもう死んだ。しかしここマンクスウェル山荘は、ふところが広い。(意味ありげに一同を見まわす)

ケースウェル　冗談じゃない。いくら偶然にしてもさ、ロングリッジ農場の事件にかかわった人が二人もそろってここに来合わせるなんて。

トロッター　ある種の状況のもとでは、たんに偶然とは言い切れませんよ。よく考えてみてください。(立ち上がる)さて、ボイル夫人が殺害された時点で、だれがどこにいたかを明確にしておきたい。ロールストンさんの奥さんの陳述はうかがいました。台所で野菜をこしらえていた。台所から、開き戸をあけてホールを通って、そこまで来たんでしたね。(下手のアーチを指さす)ラジオが鳴っていた。明かりが消えていた。部屋はまっくら。そこであなたは電灯をつけ、死体を発見して、大声で叫んだ。

モリー　ええ。ありったけの声で叫び続けたんです――みんなが来てくれるまで。

トロッター　(モリーの右手に出てきて)そう。みんながやってきた――いろんな方角から――ほぼいっせいに駆けつけてきた。(口をつぐみ、中央前方へ進んで、観客に背を向けて立つ)さあそこでだ、私が電話線をチェックしに(指さす)窓から出て行ったとき、ロールストンさん、あなたは二階の寝室へ、親子電話《エキステンション》の様子を見に上がっていった。（中央奥へ行き）奥さんが叫び声を上げたとき、あなたはどこにいましたか？

ジャイルズ　まだ寝室にいました。二階の電話も通じていなかったし、どこか線の切れた場所がわかりはしないかと思って、窓をあけて外を見たんですけどわからない。そこで窓をしめたそのときですよ、モリーの悲鳴が聞こえた。それで、階段を駆けおりたんです。

トロッター　（大テーブルにもたれかかって）たったそれだけにしては、時間がかかりすぎちゃいませんか？

ジャイルズ　そんなことはない。（階段へ戻る）

トロッター　しかしやけにまた——のんびりしていたもんだ。

ジャイルズ　考えごとをしていたんでね。

トロッター　いいでしょう。じゃ次は、レンさん。あなたがどこにいたか、説明してください。

クリストファ　（立ち上がって、トロッターの右手に動きながら）はじめは台所です。何か手伝いのできることがないかと思ってね。ぼくは料理が好きだから。そのあとは、上へ行ってぼくの部屋にいました。

トロッター　なぜ？
クリストファ　なぜったって、自分の部屋に行くのは自然でしょう？　いやね――だれだってひとりきりになりたいことがあるじゃない、ときには。
トロッター　ひとりきりになりたくて、自分の部屋へ行った？
クリストファ　髪にくしも当てたかったし――あと――ん――身づくろいもね。
トロッター　（クリストファの乱れ髪をきびしく見すえて）髪にくしを当てたかった？
クリストファ　ともかく、部屋にいたんだ！　（ジャイルズは上手手前のドアに歩く）
トロッター　そうして奥さんの悲鳴を聞いた？
クリストファ　そう。
トロッター　で、おりてきた？
クリストファ　そう。
トロッター　ふしぎだな、あなたとご主人とが階段で会わなかったとは。
　クリストファとジャイルズは顔を見合わせる。
クリストファ　ぼくは裏階段からおりたんですよ。ぼくの部屋に近いから。

トロッター　部屋に行ったときも裏階段から？　それともこの広間を通りぬけて？
クリストファ　行きも裏階段。（机の前の椅子に腰をかける）
トロッター　そうですか。（ソファ・テーブルの左手に行き）パラビチーニさん？
パラビチーニ　私、もう言ったよね。（立ち上がって、ソファの右手に動く）応接間でピアノ弾いていたの――そっちの部屋よ、警部さん。（上手を指さす）
トロッター　私は警部じゃない――部長刑事です。あなたのピアノをだれか聞いた人はいましたか？
パラビチーニ　（微笑して）いないと思うよ。私、とてもとても低く弾いた――一本の指で――だから。
モリー　〈三匹のめくらのネズミ〉を弾いていらっした。
トロッター　（するどく）ほう？
パラビチーニ　はい。とてもおぼえやすいメロディ。あれ――なんと言いますか？――おお、忘れじのメロディね？　そうじゃない？
モリー　わたしはぞっとする。
パラビチーニ　しかし――頭から離れない。口笛で吹いていた人もいたよね。
トロッター　口笛？　どこで？

パラビチーニ　それよくわかりません。たぶん玄関のホール——たぶん階段——たぶん二階の寝室。

トロッター　口笛を吹いた人はだれですか、三匹のネズミの歌を？

返事がない。

パラビチーニさん、でたらめじゃないの？

パラビチーニ　ちがうちがう、警部さん——おお失礼——部長刑事さん。私、そんなことしません。

トロッター　まあいい、ピアノを弾いていて、それで？

パラビチーニ　（指を一本突き出し）一本の指でね——それで……するとラジオ聞こえた——とても大きい音——だれかどなったよね。とてもやかましいの。そのあと——急に——マダームの悲鳴が聞こえました。（ソファの右端に腰をおろす）

トロッター　（大テーブルの中央に行き、指を振り動かしながら）ロールストンさんは二階、レンさんも二階、パラビチーニさんは応接間。ケースウェルさん、あなたは？

ケースウェル　図書室よ、手紙を書いていたわ。
トロッター　この部屋の音は聞こえましたか？
ケースウェル　いいえ。ミセス・ロールストンが叫ぶまではなんにも。
トロッター　それからどうしました？
ケースウェル　ここへ来たわ。
トロッター　すぐに？
ケースウェル　だったと思うな。
トロッター　叫び声が聞こえたときは手紙を書いていたんですね？
ケースウェル　そうよ。
トロッター　それで急いで席を立ってここへ来た――？
ケースウェル　そう。
トロッター　ところが図書室には書きかけの手紙なんかありませんよ。
ケースウェル　（立ち上がって）ここに持ってきたもの。（ハンドバッグをあけて、手紙を取り出し、トロッターの右手に歩み寄って手渡す）
トロッター　（それを見て、返しながら）ほう――愛するジェシーへ――お友だち、ご親戚？

ケースウェル　そんなこと関係ないだろ。（顔をそむける）
トロッター　たぶんね。（大テーブルの左端をまわってその後方の中央へいく）ただ私だったらですよ、もし手紙を書いている最中にいきなり人殺しっていう叫び声が聞こえたら、わざわざ書きかけの手紙を折りたたんでハンドバッグにしまいこんで、それからエッチラオッチラ駆けつけるようなまねはしないでしょうな。
ケースウェル　へえ、そう？　いいこと聞いたな。（階段へ行き、低い腰掛台《スツール》に腰かける）
トロッター　（メトカーフ少佐の右手に行き）それじゃメトカーフ少佐、あなたの番です。たしか地下室にいたっておっしゃってたが、なぜですか？
少佐　（愛想よく）見て回ってたんですよ、あちらこちら。台所のそばの階段の下に戸棚があるでしょう。のぞいてみたら、いろんなガラクタや遊び道具が入ってる。それに、戸棚の中にもう一つ小さなドアがあるのに気がついた。あけると、そこから下へ階段になっている。で、好奇心にかられておりてったんですよ。なかなかたいした酒蔵ですな。
モリー　恐れいります。
少佐　いやいや。古い修道院の地下礼拝所といった感じ。おそらくマンクスウェルという名もそこからきたんでしょう。修道僧の穴蔵という意味だから。

トロッター　少佐殿、われわれは遺跡の発掘をしてるんじゃない、殺人の捜査をやってるんです。ところで、ここの奥さんは、ドアのきしむ音が聞こえたと言っていた。（ソファの左手に動く）戸棚のドアはまさしくギーッと音を立てる。となると、いいですか、ボイル夫人を殺した犯人は、台所から奥さんの（中央アームチェアの右手に動く）出てくるのを知って、あわてて戸棚に逃げ込んで、中からドアをしめたとも考えられる。

少佐　いろんなことが考えられます。

モリーは立って、小型アームチェアに行き、そこにすわる。間。

クリストファ　（立ち上がり）戸棚の内側に指紋があるんじゃない？

少佐　私の指紋ならありますよ。ただね、犯罪者はたいてい用心ぶかいから手袋をはめるでしょうな。

トロッター　ふつうはね。しかしどんな犯罪者でもいつかはかならずしっぽを出すもんだ。

パラビチーニ　しかし部長刑事さん、かならずしっぽ出すだろうか？

ジャイルズ　（トロッターの右手に行き）あのねえ、グズグズしてる場合じゃない。この中にひとり……

トロッター　お待ちなさい、私が捜査の担当者です。

ジャイルズ　そりゃそうだけど……

ジャイルズは上手手前のドアから出ていく。

トロッター　（命令的に呼びとめる）ロールストンさん！

ジャイルズは不満そうに戻ってきて、戸口に立つ。

ありがとう。（大テーブルの後ろに行き）さて、殺人の動機もさることながら、一人ひとりの機会のあるなしも確認しておかなければなりません。私のみるところでは——ここにおいでのみなさん全員にその機会があった。

数人からぶつぶつと抗議の声。

（片手を上げて）まず、階段は二ヵ所にある——だれでも一方から上がって一方から降りることは可能だった。また、だれでも台所の横のドアから地下室へおりて、別の出口からそこの（下手の方角を指さす）階段の下の隠し戸へ出てくることも可能だった。問題は、犯行の行なわれた時刻に、あなた方のだれもがひとりだけになっていたという事実です。

ジャイルズ　ちょっと刑事さん、それじゃまるでわれわれ全員を疑ってるみたいだ。冗談じゃない！

トロッター　殺人事件ともなれば、一応だれにでも疑いをかけます。

ジャイルズ　だが、カルヴァー通りの犯人はもうわかってるわけでしょう。農場に引き取られた三人の子どものうちの長男で、現在二十三歳の精神異常者だって。ならもういいじゃないか、条件に合うのはここにはひとりしかいないんだ。（クリストファを指さして、一、二歩進み寄る）

クリストファ　違う——違うったら違うよ！　みんなぼくをきらって、ぼくに反感もって、みんなしてぼくを犯人にでっちあげてるんだ。弱いものいじめだよ。（メトカーフ少佐の右手に進み）陰謀だよ——迫害だ。

ジャイルズは後を追うが、大テーブルの右端で立ち止まる。

少佐　（立ち上がって、やさしく）落ちつきたまえ、きみ、落ちついて。（クリストファの肩をたたいて、それからパイプを取り出す）

モリー　（立って、クリストファの右手に進む）だいじょうぶよ、クリス。だれもあなたに反感もってないわよ。（トロッターに）だいじょうぶだって言ってあげてください。

トロッター　（ジャイルズの顔を見て、鈍重に）無実の罪をでっちあげたりはしません。

モリー　（トロッターに）逮捕しないって約束して。

トロッター　（モリーの右手に行き、鈍重に）私はだれも逮捕しません。逮捕するには証拠が必要だが、その証拠はどこにもないんでね——いまのところは。

クリストファは暖炉のそばに動く。

ジャイルズ　頭がどうかしたんじゃないか、モリー。（中央奥に行き、トロッターに）あんたもだ！　条件にぴったりなのはひとりしかいないんですよ。だからこのさい万全を期してそいつを拘留すべきじゃないか。それがわれわれにとって公正な処置というもんだ。

モリー　待ってよ、ジャイルズ、待って。刑事さん、私——私、ちょっとお話ししたいことがあるんです。

トロッター　いいですとも。じゃ、ほかの方々は食堂へ行っててください。

人々は立って下手手前のドアに向かう。先頭がミス・ケースウェル、その次にぶつぶつ言いながらパラビチーニ氏、そのあとにクリストファとメトカーフ少佐が続く。少佐は立ち止まってパイプに火をつけるが、見られているのに気がつく。一同が退場する。

ジャイルズ　おれは行かないよ。

モリー　ねえあなた、お願い、あっちへ行って。

ジャイルズ　(怒って)　いやだったら。いったい何を考えてるんだ、きみは。
モリー　ねえ、お願い。

ジャイルズは人々の後を追って下手手前に退場するが、ドアはあけたまま。
モリーが行ってそれをしめる。トロッターは下手奥のアーチに行く。

トロッター　じゃ奥さん、どうぞ。話というのはなんですか?
モリー　(トロッターの右手に行き)　刑事さん、この殺人犯のことですけど——(ソファの手前に移る)——農場にいた三人の子どもの中の、上の男の子だろうってお考えのようですが——それ、確実なんでしょうか?
トロッター　確実なことは何一つありません。わかっているのはただ、夫といっしょになって子どもたちに食べ物を与えず虐待を重ねた女が殺されたこと、子どもたちをそこに送り込んだ責任者の当時治安判事をしていた女が殺されたこと。(ソファの左手に進む)　それから、私と本署との連絡に必要な電話線が切られたこと……
モリー　それも確実じゃないでしょう。雪のためだったかもしれないし。
トロッター　いや奥さん、電話線は意図的に切られたものです。玄関のすぐ外で。場所を見つけました。
モリー　（驚いて）そうですか。
トロッター　まあおかけなさい。
モリー　（ソファにかけて）でもやっぱり犯人がだれかとまでは……
トロッター　（ソファの右奥から左前に輪をかいて歩き）推測でいくしかないが、その線がきわめて強いとは言える。異常性格、幼稚な心理状態、軍隊からの脱走、軍医の報告、それらを考え合わせるとね。
モリー　それはわかります、だからクリストファが一番あやしいってわけね。でもわたし、あの人じゃないと思うんです。ほかにも可能性があるんじゃないかしら。
トロッター　（ソファの左手で向き直り）たとえば？
モリー　（ためらいながら）そうね——その子どもたちには身内はいなかったんですか？
トロッター　母親はアル中で、子どもたちが引き取られたすぐあとに死んでます。
モリー　父親は？
トロッター　陸軍の下士官で外地勤務。生きていても、いまごろは退役になってるでしょう。

モリー　じゃ現在の消息は？
トロッター　つかんでいません。それを調べるには時間がかかる。だが奥さん、ご心配なく。警察はありとあらゆる手を打っていますから。
モリー　だけど、いまどこにいるかはご存じないのね。もし子どもが異常性格なら父親もそうかもしれませんわね。
トロッター　可能性としてはね。
モリー　たとえば、日本軍の捕虜にでもなってひどい苦労をして帰ってきたとしたら――帰還してみると妻は死んでいる、子どもたちは虐待されたあげく一人が死んでしまった、そんな目に遭ったとしたら、頭がすこし狂って――むらむらっと復讐を思い立つかもしれないし。
トロッター　それはたんなる仮説だ。
モリー　でも、可能性はあるでしょう？
トロッター　そりゃまぁね、可能性なら。
モリー　となると、犯人は中年かもっと齢《とし》がいっているかもしれない。（口をつぐむ）じつはね、警察から電話がかかってきたって話をしたとき、メトカーフ少佐、ものすごくびっくりしたんですのよ。ひどいあわてよう。私、顔を見ていたの。

トロッター　（考え込んで）メトカーフ少佐が？　（中央アームチェアへ行って腰をおろす）

モリー　中年でしょう、軍人でしょう、見かけはやさしそうでいかにもまともだけど——外見だけでは判断できませんわね？

トロッター　そう、たいていの場合。

モリー　（立って、トロッターの右手に行き）ですから、あやしいのはクリストファだけじゃなく、メトカーフ少佐だってやっぱり。

トロッター　ほかにもだれか？

モリー　ええ、パラビチーニさんも驚いて火かき棒を取り落としたんですの、警察から電話があったって言ったとき。

トロッター　パラビチーニね。（考え込む様子を見せる）

モリー　一見ふけてるようで——外人らしい感じだけど、ほんとうは見かけほどふけてないかもしれない。歩き方や身のこなしは若々しいし、それにだいいち顔にメークアップしてるんです。ケースウェルさんも気がついたわ。ですから、ひょっとすると——ああ、なんだか芝居じみた話だけど——あの人、変装じゃないかしら。

トロッター　あなたはしきりにレン青年を弁護しようとしてるようだが。

モリー　（炉端に行きながら）だってあの人——なんだかひどく頼りなくて。（トロッターに向き直り）それに寂しそうで。
トロッター　ねえ奥さん、いいですか。私は事件の発端からずうっと、あらゆる可能性を考えてきた。ジョージー少年のこと、父親のこと——まだもう一人いる。そうでしょう、姉娘が。
モリー　ああ——姉？
トロッター　（立ってモリーに近づく）モーリーン・ライアンを殺したのは女かもしれない。女かもね。（中央へいき）マフラーで顔をかくし、男物のソフト帽をまぶかにかぶって、ハスキーなささやき声——男とも女ともわからない声。（ソファ・テーブルのかげに行き）だから犯人は女かもしれませんよ。
モリー　ケースウェルさん？
トロッター　（階段へ行き）あの人はちょっとふけすぎてるようにも思うけど。（階段をのぼって図書室のドアをあけ、のぞき込んでからドアをしめる）そうでしょう、奥さん、範囲はきわめて広い。（階段をおりてくる）たとえば、あなたにしてもそうだ。
モリー　わたし？

トロッター　年のころはピッタリ。

モリーは抗議しようとする。

（それをおさえて）いやいや。あなたがご自分のことをどう説明しようと、いまの私には確かめようがないでしょう？　それから、あなたのご主人。
モリー　ジャイルズが、そんな！
トロッター　（ゆっくりとモリーの右手に進み）ご主人もクリストファ・レンも年頃は同じですね。そりゃご主人はふけて見えるし、レンは若く見えるが、実際の年齢はわかりにくいもんだ。そこでお尋ねするが、あなたはご主人のことをどの程度にご存じですか？
モリー　ジャイルズのことを？　冗談じゃないわ。
トロッター　結婚してから――どのくらい？
モリー　ちょうど一年です。
トロッター　知り合ったのは――どこ？
モリー　ロンドンです、ダンス・パーティで。

トロッター　家族には会いました？
モリー　家族はいないんですの。みんな死んで。
トロッター　（意味ありげに）みんな死んだ？
モリー　ええ――いやだわ、あなたったらすべてを妙なぐあいに――彼の父は弁護士でしたし、母は彼を産むとすぐなくなったんです。
トロッター　それは彼から聞いた話でしょう？
モリー　ええ――そりゃ……（顔をそらす）
トロッター　あなた自身は真偽を確かめていない。
モリー　（すばやく向き直り）失礼ですわ、いくらなんでも……
トロッター　驚いちゃいけませんよ、世間にはそういったケースがザラにあるんです。とりわけ戦後はね。一家が崩壊した、家族が死に絶えた。男は口先で、やれ空軍から復員してきたの、やれ陸軍の訓練を終えてきたのと言いますよ。両親は空襲で死んだ――親戚はいない。近頃じゃ家柄もクソもありゃしない、若者はテキパキしていますからね――顔を見たらすぐ結婚だ。昔だったらね、両親なり、親戚なりが身元をこまかく調査したうえで婚約を承知したもんだが、今はもうそんなことはしない。女は男を信じて結婚する。そうして一、二年もたってから、夫が手配中の元銀行員だとか、軍隊の脱走兵だとか、ショッキングな事実を発見してびっくりするんだ。奥さん、あなたはご主人とどのくらい交際してから結婚したんですか？

モリー　三週間ばかりですけど……

トロッター　それじゃ相手のことはなんにも知らないわけだ。

モリー　そんなことないわ。主人のことならなんでも知っています！　どんな人物かはちゃんとわかってます。わたしの夫ですもの！　（暖炉に向かい）ですから、彼が凶悪な殺人魔じゃないかなんて滑稽も滑稽、お話にもならないわ。だいいち、きのうの殺人事件のときはロンドンにすら行ってないんですから。

トロッター　じゃ、どこにいました？　ここ？

モリー　鶏《とり》小屋の金網を買いに遠くの町まで行ってきました。

トロッター　買ってきた？　（机に寄る）

モリー　いいえ、サイズの合うのがなくて。

トロッター　ロンドンからたったの五十キロでしょう、ここは？　ああ、時刻表がある。（鉄道時刻表を取り出して読む）鉄道でわずか一時間――車でももうちょっとってとこ。

モリー　（腹を立てて足を踏み鳴らし）ジャイルズはロンドンには行ってません！

トロッター　ちょっと待ってくださいよ。（玄関ホールに行き、黒っぽいオーバーを手にして戻ってくる。モリーの右手に行って）これはご主人のオーバー？

モリーはオーバーに目をやる。

モリー　（疑わしそうに）ええ。

トロッターはポケットから折りたたんだ夕刊紙を取り出す。

トロッター　〈イブニング・ニュース〉ですよ、きのうの。三時半ごろから町角で売り出すやつだ。
モリー　まさか！
トロッター　信じられない？　（オーバーを手にして下手奥のアーチに行く）信じられませんか？

アーチから出て行く。モリーは下手手前の小型アームチェアに腰をかけて、新聞をじっと見つめる。

下手手前のドアがゆっくりと開く。クリストファが中をのぞき込み、モリーひとりだけなのを見て、はいってくる。

クリストファ　モリー！

モリーは驚いて立ち上がると、新聞を中央アームチェアのクッションの下にかくす。

モリー　ああびっくりした！（中央アームチェアの右手に行く）

クリストファ　どこへ行った？（モリーの左手に行き）どこ、あいつは？

モリー　だれ？

クリストファ　刑事。

モリー　ああ、あっちへ行ったわよ。

クリストファ　早くここから逃げ出したいよ。なんとかして――どうにかしてさ。どこかにかくれるとこないだろうか――この家の中？

モリー　かくれる？
クリストファ　うん――あいつの目から。
モリー　どうして？
クリストファ　だってさ、みんなしてぼくを冷たい目で見るんだ。ぼくを犯人だと疑ってさ――とくにあんたのご主人。（ソファの左手に動く）
モリー　気にしないでね。（クリストファの左手に一歩進み寄る）それより、クリス、聞いてちょうだい。人生ってね――逃げ回ってばかりはいられないわ――長い一生だもの。
クリストファ　なぜそんなことを？
モリー　だって、そのとおりでしょ？
クリストファ　（絶望的に）そりゃたしかにそうだが。（ソファの右端に腰をおろす）
モリー　（ソファの左端に腰かけて、やさしく）ねえクリス、あなたもそろそろおとなにならなくちゃァね。
クリストファ　なりたくないよ、ぼくは。
モリー　あなたの名前、ほんとはクリストファ・レンじゃないんでしょう？
クリストファ　うん。

モリー　建築家をめざしてるっていうのも嘘ね？
クリストファ　うん。
モリー　じゃあなぜ……？
クリストファ　なぜ名前を変えたかって？　だっておもしろいんだもの。学校じゃみんなにからかわれてクリストファ・ロビンて言われてたよ。ロビンはコマドリ、レンはミソサザイ、似たようなもんだ。だけどひどかったなあ、学生時代は。
モリー　ほんとの名前はなあに？
クリストファ　そこまで詮索《せんさく》しなくたっていいじゃない。ぼくは軍隊から脱走してきた男なんだぜ。ひどいったらなかったよ――もうまっぴらだ。

モリーは急に不安に襲われる。クリストファはそれに気づく。モリーは立ってソファの左手に動く。

（立って上手手前に行きながら）そうなんだ、犯人とそっくりだろ。

モリーは大テーブルの右手に行き、顔をそらす。

犯人の条件にピッタリってのはぼくだけさ。だってね、母さんが——母さんがさ……（ソファ・テーブルの右手に移る）

モリー　あなたのお母さん？

クリストファ　母さんさえ生きていたら、こんなことにはね。ぼくの世話もしてくれるし——面倒もみてくれるし……

モリー　一生お母さんの世話になろうなんて無理な話よ。人生にはいろんなことが起こる。それに堪えていかなくっちゃ——何事もなかったように平然と。

クリストファ　できないよ、そんなこと。

モリー　やればできます。

クリストファ　じゃあんた——やってきたの？　（モリーの右手に進み寄る）

モリー　（顔を向けて）ええ。

クリストファ　どんなことがあったの？　いやなこと？

モリー　忘れられない出来ごと。

クリストファ　ご主人に関係したこと？

モリー　ウウン、ジャイルズに会うずうっと前の話。

クリストファ　そんならすごく若いときだね。子どものころ。
モリー　だからこそよけい――ショックだったのね。恐ろしい事件よ――とっても……忘れてしまおう、もう考えまいといつも思ってはいるんだけど。
クリストファ　じゃやっぱり――逃げてるんじゃないか。あんたも逃げ回ってるんだ――目をふさいで。
モリー　そうね――ある意味では、私もそうだわ。

静寂。

クリストファ　うん、妙だね？　きのう初めて会ったにしては、わたしたちお互いによくわかりあえてるみたい。
モリー　さあ。なにかお互いに――共感するものがあるんでしょうね。
クリストファ　ともかく、ぼくにがんばりとおせって言うんだね。
モリー　そうよ、正直いって、それしかないでしょ？
クリストファ　いっそ刑事のスキーかっぱらって逃げるか。ぼく、スキーうまいんだ。
モリー　そんなことしたら愚劣よ。犯人だって認めるようなもんだわ。

クリストファ　だって刑事のやつ、ぼくだって思い込んでるんだよ。
モリー　そうじゃないわよ。といっても——あの人の心はわからないけど。（中央アームチェアに行き、クッションの下から夕刊紙を取り出して、じっと見つめる。急に、はげしく）ああ、いやだいやだ——大っきらいだ、あんなやつ……
クリストファ　（びっくりして）だれのこと？
モリー　あの刑事。ひとに妙な考えを吹き込むのよ。でたらめな、ありえないことを。
クリストファ　どんな？
モリー　信じられないわ——信じてたまりますか……
クリストファ　何が信じられないの？　（ゆっくりとモリーに近づき、彼女の両肩に手をのせて、くるりと回して向かい合わせる）さあ——言ってごらんよ！
モリー　（新聞を見せて）これ見て？
クリストファ　うん。
モリー　どういうこと？　きのうの夕刊よ——ロンドンの新聞の。ジャイルズのポケットにあったのよ。それなのに彼は、きのうはロンドンに行かなかった。
クリストファ　だって一日じゅうここにいたんなら、べつに……
モリー　いなかったのよ。車に乗って金網を買いに出かけて、買わずに帰ってきた。

クリストファ　いいじゃないか。（中央右手に動き）ロンドンに行ったのかもしれないし。
モリー　じゃぁなぜそう言ってくれないの？　いなか道を走り回っていたとかごまかして。
クリストファ　たぶん、殺人事件のニュースが耳にはいって……
モリー　事件のことは知らなかったのよ。それとも……？　それともあの人……？
（暖炉に近寄る）
クリストファ　なんてこった、まさかそんなことあんたが——いや刑事が……
次のセリフの間に、モリーはゆっくりと舞台奥からソファの右手に歩く。クリストファは黙って新聞をソファにおく。
モリー　刑事自身が何を考えてるかはわからないけど、ひとに妙な考えを起こさせることはたしかね。心の中で自問自答しているうちに、だんだん疑いだしてくる。自分の愛する人、よく理解している人までが、まるで——赤の他人みたいに思えてくる。（ささやき声で）悪夢の世界だわ。親しい人たちに囲まれていると思い込んでいたのに、はっと気がついてみると、まわりはもうみんな——見知らぬ人ばかり——親しいふりをしていただけ。おそらく、ひとを信じちゃいけないのよ——みんなけっきょくは赤の他人で。（両手を顔にあてがう）

クリストファはソファの右端に行き、その上にひざまずいて、モリーの両手を顔からおろさせる。

下手手前、食堂からジャイルズが登場するが、二人を見て立ち止まる。モリーは後退し、クリストファはソファに腰かける。

ジャイルズ　（ドアのところで）お邪魔のようですな。

モリー　いいのよ——話し込んでいただけ。さ、わたしは台所へ行かなくっちゃ——パイやらポテトやらあるし——それから——ホウレンソウやら。（中央アームチェアの奥から下手へ向かう）

クリストファ　（立ち上がって、中央へ行きながら）ぼく、お手伝いしましょう。

ジャイルズ　（暖炉のそばへ行き）よしたまえ。

モリー　あなた。

ジャイルズ　現状では二人きりの密談なんてろくなことがない。台所にも家内にも近づかないでほしいね。
クリストファ　ちょっとちょっと、ぼくは……
ジャイルズ　（怒って）家内に近づくなと言ったんだ。次の犠牲者にされてたまるか。
クリストファ　そんなふうに考えていたのか、ぼくのことを。
ジャイルズ　さっきも言っただろ？　いまこの家の中を殺人犯がうろついてる——その条件に合うのはきみだからな。
クリストファ　ぼくだけじゃあるまい？
ジャイルズ　ほかにだれがいる？
クリストファ　わからないのか——それともわからないふりをしてるのか？
ジャイルズ　家内の身の安全が心配なんだ。
クリストファ　ぼくもそうさ。奥さんをあんたと二人きりにさせやしないよ。（モリーの右手に行く）
ジャイルズ　（モリーの左手に行き）な、なんだと……？
モリー　クリス、あっちへ行って。
クリストファ　ぼくは行かない。

モリー　行ってちょうだい、クリス。お願いだから……
クリストファ　（下手へ行き）すぐ近くにいるからね。
しぶしぶ下手奥のアーチから出て行く。モリーは机の前の椅子に行く。ジャイルズはそのあとに続く。
ジャイルズ　いったいどうなってるんだ、モリー？　気が違ったのか。殺人狂と二人だけで台所にとじこもろうなんて。
モリー　彼は違います。
ジャイルズ　あいつが狂ってることは一目瞭然《りょうぜん》だぞ。
モリー　違うったら。寂しがりやなのよ。いいこと、あなた、あの人には危険はないわ。危険な人だったらわたしにもわかるはず。それに、わたしだって自分を守ることぐらいできる。
ジャイルズ　ボイル夫人もそう言っていたぜ！
モリー　あなたったら——もうよして。（上手手前へ動く）
ジャイルズ　（モリーの左手に行き）あのねえ、きみとあの若僧とのあいだにはいったい何があるんだ？
モリー　何があるってどういうことよ？　わたし、気の毒だと思ってるだけよ。
ジャイルズ　もしかしたら前からの知り合いじゃないのか？　ここへ来いと呼び出す、お互いに初対面のふりをする。すべてあらかじめ仕組んだ芝居じゃないのか？
モリー　まああなた、気でも狂ったの？　よくもまあそんなばかげたことを？
ジャイルズ　（大テーブルの中央に行き）だって変じゃないか、こんなへんぴな所までわざわざ泊まりにくるとは？
モリー　ほかの人たちとおんなじよ、ケースウェルさんもメトカーフ少佐もボイルさんも。
ジャイルズ　いつか新聞で読んだことがあるが、殺人狂ってのは女性にとって大いに魅力があるんだってね。どうやら嘘じゃないらしいな。（中央手前へ動く）最初に知り合ったのはどこ？　長いつきあいか？
モリー　ばかいうにもほどがあるわ。（いくぶん下手の方へ寄り）クリストファ・レンには、きのう来るまで一度も会ったことありません。
ジャイルズ　とは言ってるけど、ときどきロンドンへ出かけてこっそり会っていたんだろ。

モリー　私がもう何週間もロンドンへ行ってないってこと知ってるくせに。
ジャイルズ　（特別な口調で）何週間もロンドンへ行ってないの？　へえ――そう――ですか？
モリー　いったい全体どういう意味？　だってほんとうよ。
ジャイルズ　そうかい？　じゃこれはなんだ？　（ポケットからモリーの手袋の片方を出し、その中からバスの切符を引き出す）

モリーはギクリとする。

これはきみがきのうはめていた手袋だ。落っことしたのをおれが見つけたんだがね、昼すぎ刑事と話しているとき。さあ、中を見てみろ――ロンドンのバスの切符だぜ！
モリー　（後ろめたそうに）ああ――それ……
ジャイルズ　（中央下手に向きを変えて）どうやらきみは、きのうは村に出かけただけじゃなくて、ロンドンにも行ったようだな。
モリー　いいわよ、わたし……

ジャイルズ　おれが雪のいなか道を車で走り回っているあいだ、いい気になって……

モリー　（声を強めて）あなたが雪のいなか道を走り回ってるあいだ……

ジャイルズ　さぁ言えよ――言うんだ。ロンドンへ行っただろう。

モリー　いいわ。（中央へ出て、ソファの前に進む）わたし、ロンドンへ行きました。だけど、あなたもよ！

ジャイルズ　え？

モリー　あなたもロンドンへ行ったわね。新聞を持ってきたもの。（ソファから新聞を拾い上げる）

ジャイルズ　どこから手に入れた？

モリー　あなたのオーバーのポケット。

ジャイルズ　そんなの、だれかが突っ込んだんだろ。

モリー　そうかな？　いいえ、あなたがロンドンで買ったものです。

ジャイルズ　なら言う。たしかにロンドンへ行ったさ。だが女に会うためじゃない。

モリー　（こわごわ、ささやいて）ほんと――ほんとにそう？

ジャイルズ　え？　どうして？　（そばに寄る）

モリーはひるんで、上手手前へ後退する。

モリー　もう行ってよ。そばへ来ないで。
ジャイルズ　（後を追い）おい、どうしたんだ？
モリー　さわらないで。
ジャイルズ　きみはきのうクリストファ・レンに会いにロンドンへ行ったのか？
モリー　ばか言わないでったら。ちがうわよ。
ジャイルズ　じゃあなにしに行ったんだ？

モリーの態度が変化する。夢みるようにしてほほえむ。

モリー　それは――まだ言えないわ――いまは――なにしに行ったのか忘れちゃった……（下手奥のアーチに向かう）
ジャイルズ　（モリーの右手に行き）モリー、どうしたんだい、きみは？　急に人が変わってしまったようだ。まるで知らない人のような気がする。
モリー　きっと知らない人だからよ。わたしたち結婚してどれだけ――一年ね？　だけどわたしのこと、ほんとうはなんにも知ってないでしょ。つきあうまえにわたしが何をしたか、何を考えたか、わたしの心の悩みも苦しみも。
ジャイルズ　モリー、気が違ったのか……
モリー　いいわよ、どうせわたしはおかしいのよ！　いいじゃない！　楽しいわよ、おかしくなるのも！
ジャイルズ　（立腹して）何を言い出す……？

パラビチーニが下手奥のアーチから登場して、二人のあいだに割って入る。

パラビチーニ　だめだめ。いけませんね、若い人たち、心にないことまで、言いすぎます。たいていそうよ、痴話げんかは。
ジャイルズ　痴話げんか！　こいつはいい。（大テーブルの右手に行く）
パラビチーニ　（下手の小型アームチェアの方へ進み）ほんとよ、ほんと。あなた方の気持ち、私、とてもよくわかる。若いころ、私もさんざんやったよね。「たのしきかな、おおわが青春」です。あなた方、まだ新婚ホヤホヤでしょ？
ジャイルズ　（暖炉に近づき）そんなこと大きなお世話じゃないか。

パラビチーニ　（中央手前へ動き）そうね、大きな大きなお世話。しかし、私、知らせに来たのよ、刑事さんのこと。スキー見つからないって、もうカンカンよ。
モリー　（ソファ・テーブルの左手に行き）クリストファ！
ジャイルズ　なに？
パラビチーニ　（ジャイルズと向かい合って）スキー持ち出したの、あなたかどうか、刑事さん、知りたがっている。
ジャイルズ　もちろんぼくじゃない。

トロッター刑事が下手奥のアーチから興奮に顔を赤らめて姿を現わす。

トロッター　ああ、あんた方ふたりとも、私のスキーを階段の戸棚から動かさなかった？
ジャイルズ　いいえ。
トロッター　だれかが持ち出しやがった。
パラビチーニ　（刑事の左手に行き）どうして急にスキーさがしたのですか？
トロッター　雪はまだ積もってる。加勢が必要なんだ、応援が。それで状況の報告がてら本署までスキーをとばそうと思ってね。
パラビチーニ　それダメになったのね――あらあら……だれか、そうされては困る人がいたのよ。しかし、ほかにも理由あるよね、でしょ？
トロッター　たとえば？
パラビチーニ　逃げ出すためとか。
ジャイルズ　（モリーの左手に近づき、彼女に）たったいまクリストファっていったね、なぜ？
モリー　べつに。
パラビチーニ　（クツクツ笑いながら）あの若い建築家、とうとうズラカった？　おもしろい、とてもおもしろい。
トロッター　奥さん、それ、ほんとう？　（大テーブルの中央に動く）

クリストファが上手の階段から登場して、ソファの右手に行く。

モリー　（すこし右に寄って）ああよかった。出て行かなかったのね。
トロッター　（クリストファの左に行き）あんたかね、私のスキー、持ち出したのは？

クリストファ　（驚いて）刑事さんのスキー？　とんでもない！
トロッター　奥さんの意見では、どうやら……（モリーの顔を見る）
モリー　レンさんはスキーが好きですから、もしかしたらちょっと借りたのかと思ったんです——運動のために。
ジャイルズ　運動？　（大テーブルの中央に動く）
トロッター　みなさん、聞いてください。事態はきわめて深刻です。私と外の世界との唯一の連絡手段であるスキーを、だれかが持ち出してしまった。全員に集まってもらいます——いま直ちに。
パラビチーニ　ケースウェルさん、二階へ行きました。
モリー　呼んできましょう。

モリーは階段をのぼって退場。トロッターは上手奥のアーチの右手に行く。

パラビチーニ　（下手手前に行き）メトカーフ少佐、食堂にいました。（下手手前のドアをあけてのぞき込む）メトカーフ少佐！　おや、いないよ。
ジャイルズ　さがしてきます。

ジャイルズは下手奥に退場。

モリーとケースウェルが階段から現われる。モリーは大テーブルの左手へ、ケースウェルは右手へ行く。

メトカーフ少佐が上手奥の図書室から姿を見せる。

少佐　私をさがしていたんですか？

トロッター　スキーのことでね。

少佐　スキー？　（ソファの右手に歩く）

パラビチーニ　（下手奥のアーチに行き、呼びかける）ロールストンさん！

ジャイルズが下手奥に現われ、アーチの下に立つ。パラビチーニは戻ってきて、下手手前の小型アームチェアに腰かける。

トロッター　おふたりのどちらか、階段の下の戸棚にあったスキーを持ち出しませんでしたか？

ケースウェル　いいえ。なんであたしが！
少佐　私はさわってもいない。
トロッター　ところが、なくなってるんだ。（ケースウェルに）あんた、どっちの階段から部屋へ行ったの？
ケースウェル　裏階段。
トロッター　じゃ戸棚の前を通ったわけだ。
ケースウェル　そういったって——あたし、スキーのあるとこ、全然知らないもの。
トロッター　（メトカーフ少佐に）あなたはきょう戸棚の中に入ったんでしたね？
少佐　そうですよ。
トロッター　ボイル夫人の殺されたとき。
少佐　殺されたときは地下室です。
トロッター　戸棚を通ったときはスキーはありましたか？
少佐　気がつきません。
トロッター　スキーを見なかった？
少佐　おぼえてないですな。
トロッター　スキーがあったらおぼえてるはずだ。

少佐　どなったってしょうがないよ、きみ。スキーのことなんか頭になかったんだから。私の関心はもっぱら地下室だったんでね。（ソファへ行ってすわる）この建物は建築的にじつにおもしろい。隠し戸を見つけたから降りてっただけで、スキーがあったかどうかはなんとも言えないな。

トロッター　（ソファの右手に進み寄って）自分でもわかってるだろうが、スキーを取るとなりゃ、あんたにはそのチャンスが大ありだったんだ。

少佐　そうだ、それは認めますよ。私にその気があったらの話だが。

トロッター　問題は、いまどこにあるかだ。

少佐　見つかるんじゃないかな、みんなでさがせば。「スリッパかくし」のゲームとはわけが違う。ばかでかいもんだからね、スキーは。どうです、みんなで手わけして。（立って下手のドアの方に行きかける）

トロッター　メトカーフ少佐、せいちゃいけない。ことによると、それが敵の手かもしれないしね。

少佐　え、よくわからないが？

トロッター　私はね、今やこの殺人狂の狡猾《こうかつ》なる頭脳を先取りしなくちゃならない立場にあるんだ。相手がわれわれに何をさせたがっているのか、これから何をするつもりか、それを正確に読み取って、一歩先んじる必要に迫られている。もしそれができなかったら、さらに犠牲がふえるだろう。

ケースウェル　まだそう思い込んでるの？

トロッター　そうですよ、ケースウェルさん。そのとおり。三匹のめくらのネズミのうち二匹は消された——三匹目がまだ残ってる。（中央手前へ進み、観客に背を向けて）いいですか、いま私の目の前にいる六人、この中の一人が人殺しだ！

　沈黙。一同は動揺して、不安そうに互いに顔を見合わせる。

人殺しはこの中にいる！　（暖炉に歩く）それがだれなのかはまだわからない。同時に次の犠牲者もこの中にいるはずだ。その人に私は言いたい。（モリーに近づく）ボイル夫人は私に事実をかくして——その結果、殺された。（中央奥へ行く）あなたも——この中のだれかは知らないが——あなたも同じこと、事実を言ってくれない。およしなさい。身の危険が迫ってるんだ。すでにふたりを殺した人間は三人目を殺すのに躊躇《ちゅうちょ》はしないだろう。（メトカーフ少佐の左手に動く）現状では、いったいだれが保護を必要としているのか、私には残念ながらわからないんだ。

間《ま》。

（中央手前に進み、観客に背を向けて）いいですか、みなさん、あの農場の事件に関連して、どんな些細《ささい》なことでもいい、すこしでも胸におぼえのある人はぜひ申し出ていただきたい。

間。

じゃよし――しかたがない。犯人はつかまえてみせますよ――かならず。――だがそのまえに、この中の一人が死ぬかもしれない。（テーブルの中央に動く）もう一つだけ言っておこう。犯人はこれを楽しんでいるんだ。大いにエンジョイしている……

間。

（大テーブルの左端から後方へ回りこむ。左側のカーテンを開いて、外を見てから、ウィンドー・シートの左端に腰かける）けっこう――あとはご自由に。

メトカーフ少佐は下手手前から食堂に退場。

クリストファは上手の階段をのぼっていく。ケースウェルは暖炉に行き、炉棚に寄りかかる。ジャイルズが中央に歩くと、モリーが後に続く。ジャイルズは足を止めて下手に向かう。モリーは彼に背を向けて、中央アームチェアの後ろに行く。パラビチーニは立って、モリーの左手に行く。

パラビチーニ　チキン料理といえば、トーストにチキン・レバーのせたもの、まだ作ったことない？　フォア・グラたっぷり塗って、ベーコンの薄切り添える、マスタードちょっぴりね？　いっしょにキッチンへ行って、やってみましょう。料理、たのしいよね。

パラビチーニはモリーの右腕を取って、下手奥へ行きかける。

ジャイルズ　（モリーの左腕を取り）家内の手伝いはぼくがしますから。

モリーはジャイルズの手を振りほどく。

パラビチーニ　ご主人あなたが心配よ。無理ないねえ。私と二人きりにするの、ご主人こわいのよ。

モリーはパラビチーニの手を振りほどく。

こわいのは殺人魔——色魔ではないよね。私はどっち？　（色目を使う）困ったね、結婚した男の人、面倒よね。（モリーの指にキスして）さらば、マダーム……

モリー　あなたのことは、主人もまさか……

パラビチーニ　いいえ、ご主人かしこい。冒険しない。（中央アームチェアの左手に出る）私が殺人魔でないという証拠、どこにもない。奥さんやご主人や刑事さんに、私、証明できますか？　否定の証明、とてもむずかしいね。かりに、ほんとうにこの私が……（〈三匹のめくらのネズミ〉の曲をハミングする）

モリー　ああ、やめて。（中央アームチェアの後ろに動く）

パラビチーニ　こんな楽しいメロディよ。そう思わない？　「ばあさんおこって庖丁で、ネズミのしっぽをチョン切った」――チョン、チョン、チョン――おもしろいね。子ども大喜びよ。残酷だからね、子どもは。（前かがみになり）いつまでもおとなにならない子どももいるし。

モリーは恐怖の叫びをあげる。

ジャイルズ　（大テーブルの左手に動き）家内をこわがらせるのはやめたまえ。

モリー　ばかねえ、わたしって。でもわたしが最初に見たんだもの。顔が紫色にふくれあがって。あれはもう一生……

パラビチーニ　わかります。忘れるということ、ほんとにむずかしいね。それにあなた、忘れるタイプの人でない。

モリー　（とりとめもなく）もう行かなくちゃ――お料理――お夕食の――ホウレンソウ煮込んで――ポテトきざんで――ジャイルズ、お願い。

ジャイルズとモリーは下手奥のアーチから退場する。パラビチーニはアーチの右側の面に寄りかかり、笑いながら後を見送る。ケースウェルは炉端に立って、物思いにふけっている。

トロッター　（立って、パラビチーニの右手に寄り）なにを言ってあの人をおどかしたんですか？

パラビチーニ　私？　おお、ただの冗談よ。私、冗談大好き。

トロッター　おなじ冗談にも、やっていいものと悪いものがある。

パラビチーニ　（中央手前へ移り）刑事さん、それどういう意味？

トロッター　あなたのことがさっきから気にかかってましてね。

パラビチーニ　ほう？

トロッター　あなたの車のことでね。吹きだまりに突っ込んでひっくり返ったそうだが——（口をつぐみ、左側のカーテンをしめる）——どうしてそう運よく……

パラビチーニ　運わるくでしょ、刑事さん？

トロッター　（彼の左手に歩いてきて）それは考え方しだいだ。ところで、あなたはどこへ行く途中でした、その——事故にあったときは？

パラビチーニ　おお――友だちの所よ。
トロッター　この近く？
パラビチーニ　そう遠くないね。
トロッター　その方の名前と住所は？
パラビチーニ　ねえ刑事さん、そんなの大切なこと？　現在の問題と関係ないでしょう？（ソファの右端にすわる）
トロッター　警察はどんな細かい情報でも集めるんです。その方の名前、なんて言いましたっけ？
パラビチーニ　まだ言ってませんよ。(ポケットのケースから葉巻を一本取り出す)
トロッター　そう、まだ聞いてない。言うつもりもないようですな。（ソファの左のひじかけに腰をかける）となると、なかなかおもしろい。
パラビチーニ　言わない理由――たくさんあるでしょう。たとえば人妻とあいびき――秘密です。亭主の嫉妬、こわいからね。（葉巻の口を切る）
トロッター　色恋ざたというにしては、あなた、すこし齢を取りすぎちゃいませんか？
パラビチーニ　刑事さん、私、見かけほど年寄りでないかもよ。
トロッター　私もいまそれを考えてたんだ。

パラビチーニ　何を？　（葉巻に火をつける）

トロッター　意外に若いのかもしれないってね――見せかけと違って。世間には実際より若く見せようって人は大勢いるが、実際よりふけて見せようって人がいたら――こりゃ首をひねらざるをえない。

パラビチーニ　首ひねるの、殺人犯の仕事よ。刑事さんまで首ひねったら、やりすぎよ。ハハハ。

トロッター　私のひねるのは自分の首だ――自分で考えて答えを出します。あんたにきいても、どうせ答えは出ないだろうし。

パラビチーニ　さあね――試してみるといい――何かきくことあったら。

トロッター　じゃあ一つ二つきこう。ゆうべはどこから来たんですか？

パラビチーニ　簡単よ――ロンドンからね。

トロッター　ロンドンのどこ？

パラビチーニ　私の定宿、リッツ・ホテル。

トロッター　たいしたところだ。家はどこです？

パラビチーニ　家、どこにもないね。きらいだから。

トロッター　お仕事は？　職業？

パラビチーニ　相場。

トロッター　株屋さん？

パラビチーニ　ノーノー、はずれました。もう一度。

トロッター　あんた、このゲームを楽しんでるらしいね。しかも自信をもって。だがそう安心していていいのかな。殺人事件だってことを忘れないでほしいね。殺しは遊びやゲームとはちがうんだ。

パラビチーニ　この事件もですか？　（クスクス笑って、横目でトロッターを見る）おやおや、刑事さん、ひどいまじめ人間ね。警察官、ユーモアないと思っていたけど、やっぱりそう。（立ち上がって、ソファの右手に動く）尋問、終わり？——いまのところ？

トロッター　いまのところはね。

パラビチーニ　どうもありがとう。私、応接間へ行って、あなたのスキーをさがしてきます。ひょっとするとグランド・ピアノの中にあるかもよ。

上手手前から出て行く。トロッターは渋い顔で後を見送るが、ドアのところまで行くと、ドアを開く。ケースウェルが物静かに上手の階段のほうへ進む。

トロッターはドアをしめる。

トロッター　（振り向かないで）ちょっと待って。
ケースウェル　（階段口で立ち止まり）私のこと？
トロッター　そうです。（中央アームチェアに行く）ここへおかけください。（アームチェアを彼女のためにととのえる）

ケースウェルは警戒するように彼の顔を見て、それからソファの手前に来る。

ケースウェル　なんですか、ご用は？
トロッター　パラビチーニさんに質問したこと、聞いていましたね？
ケースウェル　ええ。
トロッター　（ソファの左端に行き）あなたにも二、三お尋ねしたいことがあるから。
ケースウェル　（中央アームチェアに行ってすわる）はい、なんでしょう？
トロッター　フルネームをどうぞ。
ケースウェル　レスリー・マーガレット・（間をあけて）キャサリン・ケースウェル。

トロッター　（こころもち語調が変わって）キャサリン……
ケースウェル　綴りはCでなくK。
トロッター　ああそう。住所は？
ケースウェル　マジョルカ島、ピーネドール、マリポーザ荘。
トロッター　イタリアですか。
ケースウェル　地中海の島よ――スペイン領の。
トロッター　ふん。イギリスの住所は？
ケースウェル　ロンドン市レドンホール街、モーガン銀行気付。
トロッター　ほかの住所はないの？
ケースウェル　ありません。
トロッター　イギリスに来てからはどのくらい？
ケースウェル　一週間。
トロッター　その間はどこに……？
ケースウェル　ナイツブリッジのレッドベリ・ホテル。
トロッター　（ソファの左端にすわり）この山荘に来たのはどういうわけですか？
ケースウェル　静かなところへ来たかったのよ――いなかに。

トロッター　ここにはいつまで滞在するつもり――予定は？　（右手の指で髪の毛をくるくるひねりだす）
ケースウェル　目的が達せられるまで。（彼の右手の動きに目をとめる）
その語調の強さにトロッターは驚いて顔をあげる。彼女もその顔をじっと見つめる。
トロッター　どんな目的？
沈黙。
どんな目的ですか？　（髪の毛をひねるのをやめる）
ケースウェル　（ふしんそうにまゆをひそめて）え？
トロッター　ここへ来た目的？
ケースウェル　ごめんなさい。ほかのこと考えちゃってて。
トロッター　（立ち上がり、ケースウェルの右手に動き）質問にまだ答えていませんよ。

ケースウェル　答える必要ないんじゃない。あたし個人の問題だもの。完全にプライベートなことよ。

トロッター　それでもねえ、あなた……

ケースウェル　（立って、暖炉に進み）その話は打ち切りにしましょう。

トロッター　（後を追い）お齢をきいてもかまいませんか？

ケースウェル　平気よ。どうせパスポートにのってるんだから。二十四です。

トロッター　二十四？

ケースウェル　もっと上だと思ったんでしょ。間違いないわ。

トロッター　だれかイギリス国内にあなたの――保証人になれるひとはいない？

ケースウェル　銀行へいけば、あたしの財産に関しては証明するわね。それから弁護士もひとり紹介していいわ――慎重な人よ。だけど友人関係となると、だれもいないな、紹介できる人は。ほとんど外国ぐらしだったから。

トロッター　マジョルカ島？

ケースウェル　マジョルカ島や――いろんなところ。

トロッター　外国生まれ？

ケースウェル　ううん、十三のときにイギリスを出たの。

沈黙。緊張感のみなぎる間。

トロッター　あのねえ、ケースウェルさん、私にゃあんたという人がよくつかめないんだ。（こころもち上手へ後退する）

ケースウェル　いいじゃない。

トロッター　さあね。（中央アームチェアに腰をおろす）あなたはここへ何しに来たんです？

ケースウェル　気になる？

トロッター　なりますね……（顔を見つめる）十三のときに外国に行ったって？

ケースウェル　十二か——十三か——そのへんよ。

トロッター　当時もケースウェルって名前？

ケースウェル　現在はね。

トロッター　じゃそのころは？　さ——言ってください。

ケースウェル　それで何を証明しようっていうの？　（落ちつきを失う）

トロッター　あんたがイギリスを出たときの名前が知りたいんだ。

ケースウェル　大昔のことよ。忘れちゃった。
トロッター　世の中には忘れられないことがあるはずだ。
ケースウェル　そりゃあね。
トロッター　不幸とか――絶望とか……
ケースウェル　たぶんね……
トロッター　なに、本名は？
ケースウェル　言ったでしょ――レスリー・マーガレット・キャサリン・ケースウェル。
（下手手前の小型アームチェアにすわる）
トロッター　（立ち上がり）キャサリン……？　（彼女を見下ろして立つ）いったいここへ何しに来たんだ？
ケースウェル　ああ……もういや……（立って中央へ行き、ソファにくずおれる。からだをゆすぶって泣きだす）ああ、こんなとこ、来るんじゃなかった。
トロッターは驚いて、ソファの左手に行く。クリストファが上手手前のドアから入ってくる。

クリストファ　（ソファの右手に行き）あれ、警官は拷問を禁じられてるんじゃなかったかな。
トロッター　私は質問をしていただけだ。
クリストファ　でもケースウェルさん、すっかりおびえちゃってるじゃないか。（ケースウェルに）ねえ、何をされたの？
ケースウェル　なんでもない。ただ——なにしろ——事件が事件だから——こわくなったのよ。（立ち上がってトロッターに向かう）あんまりだしぬけで、びっくりしちゃって。あたし、部屋へ行きます。

ケースウェルは上手の階段をのぼって退場。

トロッター　（階段へ行き、後ろ姿を見上げて）そんな不可能だ……信じられない……
クリストファ　（奥へ進み、机の椅子の上に身を乗り出して）何が信じられないのさ？　赤の女王みたいには朝食前に六つの不可能なことを信じられないってわけ（『不思議の国のアリス』によ る）？
トロッター　そうね。そういったとこだな。

クリストファ　どうした――幽霊でも見たような顔しちゃって。

トロッター　（平素の態度を取り戻して）見るのがちょっと遅すぎたってことさ。（舞台中央へ進み）うかつだったよ、おれとしたことが。でもまあ、これでなんとか先が読めてきた。

クリストファ　（こざかしく）名探偵、解決の糸口をつかむ。

トロッター　（ソファ・テーブルの左手に行き、やや威嚇するような口調で）そうだとも、ついに糸口をつかんでやった。さあ、もう一度みんなに集まってもらおう。みんなどこにいるか、わかってる？

クリストファ　（トロッターの右手に歩き）当家のご夫妻は台所。メトカーフ少佐はあんたのスキーをさがしてる。いままでぼくも手伝って、あっちこっち面白いところを見て回ったんだ――見つからなかったけどね。パラビチーニはどこかな。

トロッター　よし、私がさがす。（上手手前のドアに行く）きみはほかの連中を呼んできてくれたまえ。

クリストファは下手奥に退場。

（ドアをあけて）パラビチーニさん。（ソファの前に動き）パラビチーニさん。（ドアのところに戻って、どなる）パラビチーニ！　（大テーブルの中央に進む）

パラビチーニは上手手前に快活な姿を見せる。

パラビチーニ　お呼びですか、部長刑事さん。（机の椅子に行く）なんのご用？　（童謡〈ボーピーちゃんの子羊〉*4をもじって）おまわりさんのスキー、どこかへ逃げてった、ほうっとけ、帰るよ、犯人つれてメーメー。（上手手前へ行く）

メトカーフ少佐が下手奥のアーチから入ってくる。ジャイルズとモリーも、クリストファといっしょに下手奥に現われる。

少佐　何があったんですか？　（暖炉に近づく）
トロッター　みなさん、かけてください、少佐、奥さん……

だれも腰をかけない。モリーは中央アームチェアの奥に、ジャイルズは大テーブルの左手に行き、クリストファは二人の間に立つ。

モリー　わたし、必要ですか？　いま手が離せないんだけど。

トロッター　食事よりもっと重大なことがあるんです。たとえば、ボイル夫人はもう食事なんかほしがりっこない。

少佐　刑事さん、その言い方、無神経すぎやしないかな。

トロッター　どうも失礼。だが私はみなさんの協力がほしいんだ、積極的協力が。ご主人、ケースウェルさんを呼んできてください、自分の部屋にいるはずだから。ほんの二、三分ですむことだと言ってね。

ジャイルズは上手の階段へ行く。

モリー　（大テーブルの左手に行き）スキーは見つかったんですか？

トロッター　まだです。まだだけど、だれがなんのために盗み出したかについては、ほぼ確実な目星がついています。だが、現段階ではその発表はひかえておきたい。

パラビチーニ　大賛成。（机の椅子に歩き）なぞときは最後の最後までしまっておきなさい。ミステリのたのしみは幕切れにある。
トロッター　（それをとがめて）これはゲームじゃありませんよ。
クリストファ　そうかな？　そりゃ違うよ、ぼくはゲームだと思うな——だれかさんにとっては。
パラビチーニ　犯人がエンジョイしているということ？　おそらくそうね——おそらく。
（机の椅子に腰をおろす）

ジャイルズと、いまはすっかり落ちついたケースウェルとが、上手の階段から現われる。

ケースウェル　何が始まるの？
トロッター　かけてください、ケースウェルさん。奥さんも……

ケースウェルはソファの左のひじかけに、モリーは前へ出て中央アームチェアにすわる。ジャイルズは階段口に立ったまま。

（威厳をつけて）ではみなさん、注意して聞いていただきたい。（大テーブルの上にすわる）ご記憶でしょうが、ボイル夫人の殺害されたあとで、私はみなさんの供述をとりました。殺害の時刻におけるみなさんそれぞれの居場所を明らかにしてもらったわけだが、それによれば、（ノートを見て）ミセス・ロールストンは台所、パラビチーニさんは応接間でピアノを弾いていた、ロールストンさんはご自分の寝室、レンさんも同じ、ケースウェルさんは図書室、メトカーフ少佐は（口をつぐみ、少佐の顔を見る）地下室でしたな。

少佐　そのとおり。

トロッター　みなさんはそうおっしゃったが、私には真偽をチェックする方法がない。正しいかもしれないが、嘘かもしれない。ずばり言って、以上の供述は、五つまでは正しいが、残る一つは真っ赤な嘘だ――それはどれか？（口をつぐみ、一人ひとりの顔を見ていく）この中で五人は真実を述べてくれたが、一人は大嘘つきだ。そこで私は、嘘をついた人物を発見するための計画を立てました。その嘘つきがわかれば――当然、犯人もわかるわけです。

ケースウェル　とはかぎらないな。何かほかの理由があって、嘘を言ったのかもしれない。

トロッター　それは考えられない。
ジャイルズ　だけどどうしようって言うの？　真偽のチェックはできないって言ったじゃないですか？
トロッター　だが、かりにですよ、みなさんめいめいにもう一度おなじ行動をくりかえしてもらったら。
パラビチーニ　（ため息をして）ああ、古くさい手よ、犯罪の再構成。
ジャイルズ　ナンセンス。
トロッター　犯罪の再構成じゃない。一見シロと思われる人たちの行動を再現するので。
少佐　それによって何がわかると言うんですか？
トロッター　いまのところそこまでは言えません。
ジャイルズ　つまり——再演しろっていうの？
トロッター　ええ、ぜひ。
モリー　ワナだわ。
トロッター　どういう意味、ワナとは？
モリー　ワナよ、あきらかに。
トロッター　前にしたのと同じことをしてもらうというだけだが。

クリストファ　（これも疑わしげに）わかんないね——全然わかんない——前と同じことをやって、それから何が発見できるのかね。意味ないよ。
トロッター　そうだろうか？
モリー　私はぬかしてくださいな。台所が忙しいから。（立ち上がって下手奥へ歩く）
トロッター　ひとりもぬかすわけにいきません。（立ち上がって一同の顔を見回す）あんた方を見ていると、みんなクロだと思いたくなる。いったいなぜそう非協力的なんですか？
ジャイルズ　そりゃもちろん、刑事さんにまかせるしかない。みんな協力しますよ。いいね、モリー？
モリー　（しぶしぶ）いいわ。
ジャイルズ　レンさんも？
　　クリストファはうなずく。
　ケースウェルさん？
ケースウェル　いいわ。

ジャイルズ　パラビチーニさんは？
パラビチーニ　（両手をパッと上げて）承知しました。
ジャイルズ　メトカーフ少佐？
少佐　（ゆっくり）けっこう。
ジャイルズ　もう一度同じことをやるんですね？
トロッター　同じ行動をやり直してもらいます。
パラビチーニ　（立って）それでは、私、応接間よね。またピアノを弾きましょう。一本の指で、殺人鬼のテーマソング。（一本指を振り動かして、歌いだす）チー、タン、タン――チチ、タタ、タタタン……（上手手前へ行く）
トロッター　（中央手前へ出て）待った待った。（モリーに）奥さん、ピアノ弾けますか？
モリー　ええ。
トロッター　〈三匹のめくらのネズミ〉知ってますね？
モリー　知らない人ないでしょう？
トロッター　それじゃあなたに、ちょうどパラビチーニさんがしたようにして、一本の指でピアノを弾いてもらいます。

モリーはうなずく。

いいですね。では応接間へ行って、ピアノに向かって、私が合図をしたらすぐ弾きだせるように用意してください。

モリーはソファの前から上手へ行く。

パラビチーニ　しかし刑事さん、私たち、自分のしたこと、くりかえすのだったでしょう？

トロッター　同じ行動が再現されればよいのであって、か、な、ら、ず、し、も、同、じ、人、物、が行動しなくてもよろしい。奥さんお願いします。

パラビチーニが上手手前のドアを開き、モリーが退場する。

ジャイルズ　ねらいがさっぱりわからんな。

トロッター　（大テーブルの中央に行き）ねらいはね、これによって供述の真偽を確かめること、とりわけある一人の供述についてのね。さあ、それではみなさん、よく聞いてください。これから一人ひとりに新しい役割を割り当てます。レンさん、あなたは台所へ行って奥さんの代わりに食事の準備に気を配ってください。好きだったんでしょう、料理は？

クリストファは下手奥に退場。

パラビチーニさん、あなたはレンさんの部屋へ行ってください、便利な裏階段を使ってね。それからメトカーフ少佐、あなたはロールストン夫妻の寝室で、電話をチェックしてください。ケースウェルさんは地下室へ行ってくれませんか、レンさんに案内してもらうといい。さて、困ったことに、だれかに私の行動を再現してもらわなくちゃいけないんだが、すみませんが、ご主人、あなた窓から外へ出て、玄関のあたりまで電話線を調べてくれませんか。猛烈に寒いんですよ、この役目は——だけど、見たところあなたがいちばん丈夫そうだから。

少佐　それで、あなたは何をするの？

トロッター　（ラジオの所に行き、スイッチを入れたり消したりしながら）私はボイル夫人の役をやります。
少佐　あえて危険をおかそうってわけ？
トロッター　（机に倒れかかって）ではみんな、それぞれの位置について、私が声をかけるまでそこを動かないでくださいよ。

ケースウェルは立って下手奥から退場。ジャイルズは大テーブルの後ろに行き、左側のカーテンをあける。
メトカーフ少佐は上手奥に退場。トロッターはパラビチーニに出て行くようにうなずいてみせる。

パラビチーニ　（肩をすくめて）隠れんぼか！　もういいかい、まぁだだよ！　（下手奥に退場）
ジャイルズ　オーバー着てもいいでしょう？
トロッター　ぜひそうなさい。

ジャイルズは玄関ホールへオーバーを取りに行き、それを着込んで、窓辺に戻る。トロッターは大テーブルの前に行き、ノートに書きつける。

私の懐中電灯を持ってくといい、カーテンのかげにある。

ジャイルズは窓に足をかけて、外へ出ていく。トロッターは上手奥の図書室のドアをあけて、中へ消えるが、すぐに戻ってくる。図書室の明かりをスイッチで消し、窓へ行って、窓をしめ、カーテンもしめる。暖炉に近寄り、大型アームチェアに腰を沈める。ややあってから、立ち上がって上手手前のドアに行く。

（声をかける）奥さん、数を二十数えてから、ひき始めてください。

上手手前のドアをしめ、階段に行き、舞台外をうかがう。ピアノの〈三匹のめくらのネズミ〉の曲が聞こえてくる。ややあって、彼は下手手前に行き、そこのスイッチで下手の壁のブラケットを消す。次に下手奥に行き、そこのスイッチで上手の壁のブラケットを消す。足早にテーブルの電気スタンドへ行って明かりをつけ、それから上手手前のドアに行く。

(声をかける) 奥さん! ちょっと!

モリーが上手手前に姿を見せ、ソファの前に進む。

モリー　なんでしょうか?

トロッターは上手手前のドアをしめて、ドア枠の手前側によりかかる。

なんだかうれしそうな顔してる。うまくいったんですか?

トロッター　申し分なしだ。

モリー　じゃ犯人はわかったの?

トロッター　わかってる。

モリー　だれでした?

トロッター　そんなことがあんたにわからない？
モリー　私に？
トロッター　そう。あんたはなんてばかなんだ。私に事実を隠していたために、あやうく殺されかかったじゃないですか。そのため、一度ならず命の危険にさらされていたんですよ。
モリー　なんのことですか？
トロッター　（ソファ・テーブルの奥からソファの左手にゆっくりと歩き、まだごく自然なやさしい態度で）あのねえ奥さん、われわれ警察官を甘く見ちゃいけませんよ。私にゃ最初っからわかってたんだ、あんたがロングリッジ農場事件についちゃ一から十までご承知だってことは。あんたはボイル夫人が当時の治安判事だってことも知っていた。いや、一部始終をご存じなんだ。なぜ堂々と言ってくれなかった？
モリー　（すっかり動揺して）わかりません。わたし、忘れたかったんです――忘れてしまいたかった……（ソファの右端にすわる）
トロッター　結婚前の名前はウェアリングでしたね？
モリー　はい。
トロッター　ミス・ウェアリング。学校の先生でしたね――あの子どもたちの通った学校の。

モリー　そうです。

トロッター　死んだジミー坊やが、あんたに宛てて、やっとの思いで手紙を出したのは事実ですね、ちがいますか？　（ソファの左端にすわる）助けを求めた手紙、若い親切な先生に、なんとかして救ってもらいたいと事情を訴えた手紙――あんたは返事を出さなかった。

モリー　だって無理よ。受け取らなかったのよ。

トロッター　ほっとけ――そう思ったんだ。

モリー　違います。わたし、病気だったのよ。ちょうどその日に肺炎で寝込んじゃって、手紙やなんかはあとまわしにされたんです。たくさんのほかの手紙にまじってやっとわたしの目にとまったのは、何週間もたってからで、そのときはもう、かわいそうに、あの子、死んでいたわ……（目をとじる）どんなにかわたしの助けを待ちこがれて、待ちわびて――あげくには絶望して――死んでいったことか……ああ、あれ以来のこの心の苦しみ……病気にさえなっていなかったら――わたしにわかってさえいたらって……ああ、ほんとうに恐ろしい、あんなことになるなんて。

トロッター　（急にだみ声になり）まったくだ、恐ろしいことさ。（ポケットから拳銃

を出す)

モリー　あら、警官は拳銃を持ち歩かないもんだと……(ふとトロッターの顔を見て、恐怖にあえぐ)

トロッター　警官はね……だがおれは警官じゃないよ。思い違いをしたようだね。公衆電話から電話して、サツからだと思わせて、刑事を派遣すると言ったのは、このおれなんだぜ。玄関から入るまえに電話線を切ったのもこのおれのしわざさ。さあ、奥さんよ、これでおれの正体がわかったろう――ジョージーだよ、おれは――ジミーの兄きのジョージーだ。

モリー　まあ。(狂ったようにして周囲を見回す)

トロッター　(立ち上がり)わめくんじゃないよ――声を出したがさいご、この拳銃が火を吹くからな……だがそのまえに、おれはあんたとちょっぴり話がしたいんだ。(顔をそらせて)話がしたいんだよ。ジミーは死んだ。(単純な子どもっぽい態度になる)殺されたのさ、あの鬼ばばあに。ばばあめ、ムショへしょっぴかれたが、たいしたことはなかった。おれは、きっといつか敵《かたき》をとってやると誓って……そのとおり実行したぜ。霧の中で。痛快だったな。ジミーが知ったらどんなに喜ぶか。「おとなになったら、かならず敵をとってやる」おれはいつも心に言い聞かせた。

おとなになりゃなんでも好きなことができるんだからな。（明るく）さて、次はおまえさんを片づける番だ。

モリー　待ってちょうだい。（相手を説得しようと一生けんめいに）わたしを殺したら無事に逃げられないわよ。

トロッター　（いらだって）だれかがスキーをかくしやがった！　見つからないんだ。ま、どうだっていいや。逃げられようが逃げられまいが、かまうもんか。おれはもうくたびれたよ。しかし、愉快だったなあ、おまわりのふりをして、みんなを見物してるのは。

モリー　拳銃、大きな音がするわよ。

トロッター　するだろうな。それじゃ例の手でいくとするか。その首をこの手でギューッと。（ゆっくりとモリーに近づきながら、口笛で〈三匹のめくらのネズミ〉を吹く）ネズミとりにかかった最後の一匹だ。（拳銃をソファの上に落とし、身を乗りだして、左手をモリーの口に、右手をそののどにあてがう）

ケースウェルとメトカーフ少佐が下手奥のアーチに現われる。

ケースウェル　ジョージー、ジョージー、あたしのことわかるでしょ？　ジョージー、思い出してよ、農場のこと。ほら、牛の赤ちゃん、ころころした大きなブタ、それからいつだったたか、雄牛に追っかけ回されたことがあったじゃない。それからあの犬。（ソファ・テーブルの右手に行く）

トロッター　犬？

ケースウェル　うんそう、ブチとシロ。

トロッター　キャシーか？

ケースウェル　そうよ、あんたのねえちゃんよ——思い出してくれた？

トロッター　キャシーか、あんたが。ここへいったい何しに？（立って、ソファ・テーブルの左手に行く）

ケースウェル　あんたをさがしにイギリスへ帰って来たの。ついさっきまで全然気がつかなかった、髪の毛をひねりまわすまでは、昔とそっくりに。

トロッターは髪の毛をひねる。

それそれ、昔からのくせね。さァジョージー、いっしょに行こう。（きっぱりと）

ねえちゃんといっしょに行くのよ。

トロッター　どこへ？

ケースウェル　（やさしく、子どもに話しかけるように）だいじょうぶよ、ジョージー。ねえちゃんがいいところへ連れてってあげる、あんたがもう悪い気をおこさないようにって面倒をみてくれるところ。

　ケースウェルはトロッターの手をひいて、階段をのぼっていく。メトカーフ少佐は部屋の明かりをつけ、階段口まで行って、上を見上げる。

少佐　（声をかけて）ロールストンさん！　ご主人！

　少佐は階段をのぼっていく。

　ジャイルズが下手奥のアーチから登場し、ソファのモリーに駆け寄り、拳銃をソファ・テーブルにのせて、モリーを両腕に抱き寄せる。

ジャイルズ　モリー、モリー、だいじょうぶかい？　ああ、モリー。

モリー　あなた。
ジャイルズ　まさかあの刑事が犯人だとは。
モリー　狂ってるのよ、完全に狂ってるの。
ジャイルズ　だけど、きみはまた……
モリー　私、事件に関係があったのよ、学校で教えていたとき。でも、わたしのせいじゃないのに——あの人ったら、わたしがジミーを見殺しにしたのかと思って。
ジャイルズ　ひとこと言ってくれりゃいいのに。
モリー　忘れてしまいたかったのよ。

メトカーフ少佐が階段をおりてきて、舞台中央に進む。

少佐　万事おさまりました。鎮静剤がきいてすぐ眠ってしまうでしょう——いまねえさんがみてやってます。かわいそうに、やっこさん、頭がすっかりいかれてしまってる。はじめからくさいくさいと思ってはいたんだが。
モリー　まあ！　じゃ、刑事だとは思っていなかったんですか？
少佐　刑事じゃないことはわかってましたよ。だってね奥さん、私が刑事なんだから。

モリー　あなたが？

少佐　〈マンクスウェル山荘〉って書いた手帳が手に入ったでしょう、われわれは大至急だれかが駆けつける必要があると判断した。メトカーフ少佐に連絡すると、喜んで私に名前を貸してくれるというんです。そんなわけで、あいつが刑事だといって乗り込んできたときは、こっちがめんくらいましたよ。（ソファ・テーブルの拳銃に目をとめて拾い上げる）

モリー　それで、ケースウェルさんは、あの男の姉だった？

少佐　ええ、あの人も最後のどたんばでやっと気がついたというわけで。どうしたもんかと迷ったあげく、さいわい私のところに相談にきてくれたので、ギリギリ間に合ったしだいです。どうやら雪もとけだした、間もなく応援が来てくれるでしょう。（下手奥のアーチに行き）あ、そうそう、スキーをおろしてきましょうね、私がかくしたんですよ、柱つきの大型寝台の天蓋の上に。

下手奥から退場する。

モリー　私はまた、てっきりパラビチーニさんかと。

ジャイルズ　でもあの男の車も、徹底的に調べられるだろうね。おそらくスペアのタイヤの中から、スイス製の腕時計でもザクザク出てくるんじゃないかな。どうもあいつの商売はそんなとこだ、ヤミ屋だろう。それにしてもモリー、きみはおれを疑っていたのかとばかり……
モリー　だってあなた、きのうロンドンへ何しに行ったの？
ジャイルズ　きみへのプレゼントを買いにさ。今日がわれわれの最初の結婚記念日だろう。
モリー　アラ、私がロンドンへ行ったのもそのためよ、あなたにはないしょで。
ジャイルズ　へえ。

モリーは立って、机の戸棚に行き、紙包みを取り出す。ジャイルズも立って、ソファ・テーブルの左手に行く。

モリー　（包みを手渡し）葉巻。いいものだといいんだけど。
ジャイルズ　（包みを開きながら）いやあ、ありがとう。こりゃすばらしい贈り物だ。
モリー　吸ってくれる？

ジャイルズ　（男らしく）ああ、吸うともさ。
モリー　わたしには何をくれるの？
ジャイルズ　いけねえ、忘れてた。（あわてて玄関ホールの物入れ箱に走り、帽子箱を取り出して戻ってくる。ほこらしげに）帽子だよ。
モリー　（びっくりして）帽子？　でもわたし、帽子なんかめったに。
ジャイルズ　引き立つぜ。
モリー　（帽子を取り上げ）うわぁ、すてき！
ジャイルズ　かぶってみて。
モリー　あとでね、髪をきちんとしてから。
ジャイルズ　いいね、いけるだろ？　店の売り子の言うにゃ、これが今のファッションなんだってさ。

モリーは帽子をかぶる。ジャイルズは机の手前に動く。
メトカーフ少佐が下手奥から駆け込んでくる。

少佐　奥さん！　奥さん！　台所がものすごいにおいだ。何かがこげてる。

モリーはあわてて下手奥から台所へ走る。

モリー　（泣き声を上げて）たいへん、せっかくのパイが！

――すばやく幕――

〔訳註〕劇中で歌われる童謡（いずれも『マザー・グース』の歌）の訳詞とメロディをかかげておく。古くからの伝承童謡であるために、歌詞もメロディも必ずしも一定していないが、これはその一例である。

＊1〈三匹のめくらのネズミ〉
三匹の　めくらのネズミが
かけてきた
チュッチュのチュ
ばあさんおこって庖丁で
ネズミのしっぽをチョン切った
めくらのネズミが逃げていく
チュチュッチュのチュ

＊2〈北風だ〉
北風だ　雪が来る

あわてたコマドリ　ブルブルン
納屋に逃げろ　羽の下に
頭をかくして　ブルブルン

＊3〈ホーナー君〉
ホーナー君が　隅にすわって
パイを食べてる
指をつっこみ　ブドウつまんで
ボクチン利口だなァ

＊4〈ボーピーちゃんの子羊〉
ボーピーちゃんの子羊
どこかへ逃げてった
ほうっとけ　帰るよ
しっぽをさげて　メーメー

三匹のめくらのネズミ

三 匹 の ー, めく らの ネズ ミが
かけ て き た ー, チュッ チュ の チュ ー, ばあ
さ ん おこって 庖 丁 で, ネ ズ ミ のしっぽ を チョン 切った, め く
らの ネ ズ ミ が 逃 げ て いく, チュ チュッ チュの チュ

北風だ

き た か ぜ だ ー, ゆ き が く る, あ わ て た コ マ ド リ, ブルブルン,な
や に 逃 げ ろ, は ね の し たに, あ た ま を か く し て, ブル ブルン

ホーナー君

ホ ーナー 君 が, す み にすわって, パ イ を 食べ て る ー, ゆ
び をつっこみ, ブ ド ウ つまんで, ボ ク チ ン りこうだ な ー

ボーピーちゃんの子羊

ボーピーちゃんの子 ひ つ じ, ど こ か へ 逃 ーげ てっ た
ほうっと け, か え る よ, しっぽ を さ げ て メー メー

永遠の女王

作家
石田衣良

一九五二年の初演から半世紀以上ロングランを続け、今も世界記録を更新している伝説の舞台があるという。公演回数は二万回以上、観客のなかには親子二代にわたる熱心なファンもいる。しかも、作者は「聖書のつぎに著作を売りあげた」ミステリーの女王、アガサ・クリスティーである。

どうですか？　もうこの『ねずみとり』を読みたくなったでしょう。なにせ、おもしろさは折り紙つきなのだ。最初にいくつか事実を紹介するだけで、ぼくの解説の仕事は半分終わったようなものだ。

だから、ここからあとは蛇足である。ぼくなりに見た、この戯曲の魅力について気軽におしゃべりさせてもらおう。設定は古典的で、ミステリーファンのつぼを突くもの。

大雪のせいで孤立した山荘である（誰ですか、少年マンガの推理ものみたいだなんていうのは）。モリーとジャイルズのロールストン夫妻は、遺産で相続した山荘に手をいれて、ゲストハウスを開こうとしている。

同じ日にロンドンでは女性の絞殺事件が発生する。ラジオでは何度も黒っぽいオーバーにソフト帽をかぶった犯人の目撃情報が流されている。被害者はロングリッジ農場事件の犯人のひとりだった。悪質な育児放棄と児童虐待で、三人の里子のうち十一歳になる末っ子がいじめ殺されていたのだ。生き残った兄弟による復讐なのだろうか。しかも、殺人現場に残されたメモには、ゲストハウスの名が書かれている。つぎの殺人は、この山荘で起こるという犯人からのメッセージだろうか。

雪の降りしきるなか、ひと癖ありげな予約客が四人、寒々しい山荘に到着する。あとから加わるのは、謎の外国人とスキーをはいてやってきた部長刑事。招かれざる客がさらに増えて、孤立した見ず知らずの人間同士のあいだで、サスペンスがきりきりと絞りあげられていく。

初期設定を伝えるクリスティーの腕は、練達の冴えを見せている。繰り返されるラジオ放送、若い夫婦の新しい仕事への不安、イギリスの冬の寒さの執拗な描写、客たちのキャラクターの隈取は、これ以上はないほどはっきりとしている。

この作品の原型になったラジオドラマは一九四七年に書かれたものだ（メアリー女王の八十歳の誕生日記念という、日本では考えられない、英国人はなんてミステリー好きなことか）。児童虐待の被害者による復讐や連続殺人をあつかっていても、現代作品のような極端な残酷さや過剰な思いいれは排されている。そうしたものが主役になるには、現在進行中のミステリーの際限ない細分化や、人々の精神の荒廃が欠かせないからである。

残酷さやアクロバットのような謎解きの代わりに、この作品にあるのはほどよい趣味のよさなのだ。そんなものはぜんぜんカッコよくないとコアなマニアはいうかもしれない。だが、そのほどよさが五十年以上も続くロングランの秘密なのである。

女王クリスティーはいう。

「本当におびえさせるわけではないし、本当のファース（皮肉な笑劇）でもない。でもこういった要素をすこしずつもっています。（中略）興味がわたしたちを引き留めていくのです。それが難しいことなのです」

ぼくも女王の意見に賛成する。小説のなかでは、つねに部分より全体が優先する。派手な道具立てや目新しいトピック、空しい残酷比べなどより、小説全体の力で読ませる作品のほうが底力があるのはあたりまえなのだ。

もちろん、それはやさしいことではない。クリスティーのような皮肉で深い人間観察眼を必要とするし、イギリスの中流から上の下のあたりの生活を描いて、それだけで読み手を惹きつける筆力も欠かせない。

試しに『ねずみとり』の冒頭部を読んでみてもらいたい。ボイラーをどうするとか、コークスの質が悪いとか、ディナーの用意は、といった生活の細々としたことを、テンポよくつなぐだけで、くっきりと若い夫婦の暮らしぶりが浮きあがってくる。これができれば実はプロットや謎解きなどなくてもいいくらいのものなのだ。

クリスティーの作品を読んでいつもぼくが感じるのは、これである。それは確かにミステリーだから、殺人事件も名探偵もいいだろう。だが、それらの花形を支えるには、しっかりとした黒子の存在が欠かせない。

普通の人々の普通の生活を描いて、読者を魅了する地力のうえに、中庸を心得たよい趣味のミステリーがトッピングされている。ここに世界中でクリスティーが女王といわれる理由があるのだ。

クリスティーが亡くなって久しいけれど、いまだに女王の牙城を脅かす書き手はあらわれていないとぼくは思う。それは人間の心にあるさまざまな「要素」を等しく大切にする、よい趣味の時代が終わってしまったせいなのだろう。

ミステリーの黄金期はすぎてしまったのだ。それゆえに、女王はいつまでも不滅なのである。

世界中で上演されるクリスティー作品

〈戯曲集〉

劇作家としても高く評価されているクリスティー。初めて書いたオリジナル戯曲は一九三〇年の『ブラック・コーヒー』で、名探偵ポアロが活躍する作品であった。ロンドンのスイス・コテージ劇場で初演を開け、翌年セント・マーチン劇場へ移された。一九三七年、考古学者の夫の発掘調査に同行していた時期にオリエントに関する作品を次々執筆していたクリスティーは、戯曲でも古代エジプトを舞台にしたロマン物語『アクナーテン』を執筆した。その後、『そして誰もいなくなった』、『死との約束』、『ナイルに死す』、『ホロー荘の殺人』など自作長篇を脚色し、順調に上演されてゆく。一九五二年、オリジナル劇『ねずみとり』がアンバサダー劇場で幕を開け、現在まで演劇史上類例のないロングランを記録する。この作品は、伝承童謡をもとに、一九四七年にクイーン・メアリの八十歳の誕生日を祝うために書かれたBBC放送のラジオ・ドラマを舞台化したものだった。カーテン・コールの際の「観客のみなさま、どうかこのラストのことはお帰りになってもお話しにならないでください」の一節はあまりにも有名。一九五三年には『検察側の証人』がウィンター・ガーデン劇場で初日を開け、その後、ニューヨークでアメリカ劇評家協会の海外演劇部門賞を受賞する。一九五四年の『蜘蛛の巣』はコミカルなタッチのクライム・ストーリーという新しい展開をみせ、こちらもロングランとなった。

クリスティー自身も観劇も好んでいたため、『ねずみとり』は初演から十年がたった時点で四、五十回は観ていたという。長期にわたって劇のプロデューサーをつとめたピーター・ソンダーズとは深い信頼関係を築き、「自分の知らない芝居の知識を教えてもらった」と語っている。

灰色の脳細胞と異名をとる

〈名探偵ポアロ〉シリーズ

本名エルキュール・ポアロ。イギリスの私立探偵。元ベルギー警察の捜査員。卵形の顔とぴんとたった口髭が特徴の小柄なベルギー人で、「灰色の脳細胞」を駆使し、難事件に挑む。『スタイルズ荘の怪事件』（一九二〇）に初登場し、友人のヘイスティングズ大尉とともに事件を追う。フェアかアンフェアかとミステリ・ファンのあいだで議論が巻き起こった『アクロイド殺し』（一九二六）、イニシャルのABC順に殺人事件が起きる奇怪なストーリーが話題をよんだ『ABC殺人事件』（一九三六）、閉ざされた船上での殺人事件を巧みに描いた『ナイルに死す』（一九三七）など多くの作品で活躍し、最後の登場になる『カーテン』（一九七五）まで活躍した。イギリスだけでなく、イラク、フランス、イタリアなど各地で起きた事件にも挑んだ。

映像化作品では、アルバート・フィニー（映画《オリエント急行殺人事件》）、ピーター・ユスチノフ（映画《ナイル殺人事件》）、デビッド・スーシェ（TVシリーズ）らがポアロを演じ、人気を博している。

1 スタイルズ荘の怪事件
2 ゴルフ場殺人事件
3 アクロイド殺し
4 ビッグ4
5 青列車の秘密
6 邪悪の家
7 エッジウェア卿の死
8 オリエント急行の殺人
9 三幕の殺人
10 雲をつかむ死
11 ＡＢＣ殺人事件
12 メソポタミヤの殺人
13 ひらいたトランプ
14 もの言えぬ証人
15 ナイルに死す
16 死との約束
17 ポアロのクリスマス
18 杉の柩
19 愛国殺人
20 白昼の悪魔
21 五匹の子豚
22 ホロー荘の殺人
23 満潮に乗って
24 マギンティ夫人は死んだ
25 葬儀を終えて
26 ヒッコリー・ロードの殺人
27 死者のあやまち
28 鳩のなかの猫
29 複数の時計
30 第三の女
31 ハロウィーン・パーティ
32 象は忘れない
33 カーテン
34 ブラック・コーヒー〈小説版〉

好奇心旺盛な老婦人探偵

〈ミス・マープル〉シリーズ

本名ジェーン・マープル。イギリスの素人探偵。ロンドンから一時間ほどのところにあるセント・メアリ・ミードという村に住んでいる、色白で上品な雰囲気を漂わせる編み物好きの老婦人。村の人々を観察するのが好きで、そのうちに直感力と観察力が発達してしまい、警察も手をやくような難事件を解決するまでになった。新聞の情報に目をくばり、村のゴシップに聞き耳をたて、それらを総合して事件の謎を解いてゆく。家にいながら、あるいは椅子に座りながらゆったりと推理を繰り広げることが多いが、敵に襲われるのもいとわず、みずから危険に飛び込んでいく行動的な面ももつ。

長篇初登場は『牧師館の殺人』（一九三〇）。「殺人をお知らせ申し上げます」という衝撃的な文章が新聞にのり、ミス・マープルがその謎に挑む『予告殺人』（一九五〇）や、その他にも、連作短篇形式をとりミステリ・ファンに高い評価を得ている『火曜クラブ』（一九三二）、『カリブ海の秘密』（一九六四）とその続篇『復讐の女神』（一九七一）などに登場し、最終作『スリーピング・マーダー』（一九七六）まで、息長く活躍した。

35 牧師館の殺人
36 書斎の死体
37 動く指
38 予告殺人
39 魔術の殺人
40 ポケットにライ麦を
41 パディントン発4時50分
42 鏡は横にひび割れて
43 カリブ海の秘密
44 バートラム・ホテルにて
45 復讐の女神
46 スリーピング・マーダー

訳者略歴　1917年生，1940年東京商科大学卒，英米文学翻訳家　訳書『白昼の悪魔』クリスティー（早川書房刊）他多数

ねずみとり

〈クリスティー文庫 66〉

二〇〇四年三月十五日　発行
二〇二一年十二月十五日　四刷

（定価はカバーに表示してあります）

著者　アガサ・クリスティー
訳者　鳴《なる》海《み》四《し》郎《ろう》
発行者　早川　浩
発行所　株式会社　早川書房
郵便番号一〇一 - 〇〇四六
東京都千代田区神田多町二ノ二
電話　〇三 - 三二五二 - 三一一一
振替　〇〇一六〇 - 三 - 四七七九九
https://www.hayakawa-online.co.jp

乱丁・落丁本は小社制作部宛お送り下さい。
送料小社負担にてお取りかえいたします。

印刷・株式会社亨有堂印刷所　製本・株式会社川島製本所
Printed and bound in Japan
ISBN978-4-15-130066-0 C0197

本書は活字が大きく読みやすい〈トールサイズ〉です。